# 贖罪

小杉健治

集英社文庫

この作品は、集英社文庫のために書き下ろされました。

目次

# 贖罪

# 第一章　年上の女

## 1

　午前一時をまわった。テレビを見ていても頭に入らない。リモコンでテレビを消し、立ち上がった。マンションの外廊下に出てみる。生暖かい風がゴミの臭いを運んできた。明日の朝は燃えるゴミの回収日だが、すでにマンションの横のゴミ置き場にゴミがたくさん出ていた。

　また生ゴミを漁《あさ》っているのか、猫の鳴き声がした。誠《まこと》は腰の高さの手摺《てす》りから下を覗《のぞ》き込む。いつも見かけるオスとメスの二匹以外に新しい白と黒の斑《ぶち》の猫が加わっている。

　やがて、二匹のうちのメスらしい顔つきの猫が斑模様の猫と鳴きあいはじめた。それがまるで愛を囁《ささや》いているような甘い鳴き声に聞こえた。

　オス猫らしい顔つきの猫が少し離れたところで悄然《しょうぜん》としている。津村《つむら》誠は自分の顔から血の気が引いていくのがわかった。

捨てられたオス猫が自分と重なった。オスはただ黙って、メス猫が斑模様の猫から愛の告白を受けているのを何も出来ずに茫然《ぼうぜん》と見ているだけだ。

耳鳴りのように不安がまた襲ってきた。最近、綾子《あやこ》の帰りは遅くなった。店が終わったあと、客に誘われてどこかに寄ってくるのではないか。

胸に、ふと芽生える不安。その一方でそんなはずはない、綾子は自分に惚《ほ》れているのだと思い返す。

街灯の明かりが寂しそうに灯《とも》っている。ひと影はない。猫もどこかへ行ってしまった。まだ、綾子が帰る気配はなかった。

しばらく佇《たたず》んでいたが、肌寒くなって部屋に戻った。三月に入ったが、まだ春は遠い。部屋に戻ったが、テレビを観る気にもなれない。ましてや、パソコンに向かい、書く気にもなれない。

冷蔵庫を開けて缶ビールを取り出す。冷たい感触を手にして、すぐに戻した。そろそろ帰ってくる頃だ。

胸のざわつきはいつものことだ。

廊下に足音がした。綾子のだとわかり、誠はドアの前に立った。

鍵を外し、ドアを開ける。

「お帰り」

「ただいま」

少し間を置いて、綾子が言った。酒臭かった。

「おつかれさん」

ずいぶん呑《の》んでいるな。そう言おうとしたが、嫉妬めいた感情で、言い方がとげとげしくなるような気がして思い止まった。

バッグを預かる。綾子は靴を脱いだ。斜めになった靴を直す。

台所の流しに行き、綾子はグラスを摑《つか》んで蛇口をひねった。

綾子は新宿歌舞伎町のクラブに勤めている。十二時で店を上がり、最終で帰ってくる。以前は帰ってきたときにはほっとしたような笑顔があったが、最近は疲れているのか笑みは消えていた。

水の音に蛇口を見ると、水が出しっぱなしでグラスから溢《あふ》れている。

「どないしたんや？」

驚いて、誠は声をかけた。なるたけ使わないようにしていた関西弁がつい出た。

あわてて、綾子は蛇口をひねった。考え事をしていたようだ。

綾子はグラスを置き、和室に入っていく。

脱いだ上着を受取り、誠がハンガーにかけた。

ピンクのトレーナーに着替えると、彼女はまた台所に向かった。

ふと静かになったので、誠が振り向くと、綾子が冷たい目でテーブルの上の煙草とチョコレートの箱を見ていた。

「きょうは出たんだ」

あわてて、誠はおもねるように言う。だが、彼女は冷たい表情を崩さず、

「そう」

と、つぶやいただけだった。

「お風呂、沸いているよ」

「ええ」

綾子はそのまま風呂場に向かった。

浴室の扉の閉まる音がした。誠はパチンコの景品を見ながら、戸惑っていた。なぜ文句を言わなかったのか。

またパチンコをしていたの。その言葉は返ってこなかった。

「あなたにパチンコをさせるために働いているんじゃないわ」

そう激しく罵ったのはいつのことだったか。

「ごめん。もう、やめるよ」

あのとき、誠は素直に謝った。

「あなたには小説だけ書いていて欲しいの。いつか、文芸新人賞をとって欲しいのよ。

私はそのために働いているのだから」

むきになって言う彼女がいじらしく、可愛かった。

だが、最近は何も言わない。文句を言うことに飽きたのか、疲れたのか。

綾子は、今年三十歳になる誠より年上で、三十五歳になる。以来、今日まで綾子がクラブ勤めで駆け落ち同然で、大阪から東京に出てきて五年。以来、今日まで綾子がクラブ勤めで無職の誠を養っている。

「きっと新人賞をとる」

「ええ、そしたら、私は作家夫人よ」

綾子は明るく笑った。

毎年応募を続けていた某雑誌の新人賞の予選に、誠は落ちた。二十五歳のときにはじめて応募して最初の二年間、予選だけは通っていた。だが、三年前にはじめて予選も通らなかった。ショックは大きかった。

自分では会心の作品だった。うまくいけば賞をとれる、悪くとも最終候補に残る。そういう自信があった。だが、その作品が予選さえも通らなかった。

中間発表の掲載雑誌を書店で立ち読みしながらひざがガくがく震え、目が霞《かす》んでその場にくずおれそうになった。

それから、誠は小説が書けなくなった。書いても、駄作だと思うようなものばかりだった。

一昨年と去年、新人賞の応募を見送った。今年も、締め切りを一カ月後に控えながら、一行も出来ていなかった。

その間、参加している同人誌の仲間が何人か受賞し、華々しくデビューを飾った。

俺には才能なんてなかったのだ。最近、自分の限界を悟った。

音がした。綾子が風呂から出てきた。

濡れた髪をタオルで拭きながら鏡台に向かった。

「綾子。俺、また働こうか」

誠は言う。

去年、ある生命保険会社のPR誌を作っている雑誌社に就職した。だが、一カ月で辞めた。辞めた理由は人間関係ということにしてあったが、実際は毎日定時に起きて、すし詰めの電車に揺られ、雑用ばかりなのにきつい仕事をさせられていやになったのだ。

他のことをしているとむしょうに小説が書きたくなる。

「辛抱が足りないんじゃないの？」

綾子は呆《あき》れたように言ったが、すぐそのあとで、

「誠さんは働かなくていいから、小説を書いてちょうだい。一度や二度予選に落ちたって悲観することはないわ」

と、励ましてくれた。

「あなたはいままで挫折を知らずに来たのだから、そのぐらいのことがあって当然よ。それを乗り越えてこそ、栄光を手に入れることが出来るんじゃないの」

「そうだな。もう一度やってみるよ」

だが、思うような小説が書けず、気分転換と称してパチンコに通うようになった。そんな誠に、綾子は激しい言葉を浴びせた。

「パチンコなんかしている暇があったら、小説を書きなさいよ」

なまけている姿を見るのが耐えられないのか、綾子ははじめて爆発した。

それも昔のことのような気がする。

「最近、変だよ」

誠はふいに口にした。

「えっ？」

ドライヤーのスイッチを切って、綾子が問い返す。

「なに？」

「最近、変だ」

真顔で、誠はもう一度言った。

「そうかしら」

「いや、変だ」

「だったら、誠さんのほうこそ変だわ」

綾子が言い返した。

「俺のほうが？　どうして？」

「だって、最近、あまり小説を書いてないでしょう。締め切りは来月なのに。今年も出さないつもり？」

出さないつもりではない。書けないから出せないのだ。その言葉を喉元で止めた。

「どうしたの？」

押し黙った誠に、綾子がきいた。

「別に」

綾子はドライヤーで髪を乾かし終え、ブラシで髪を梳《す》きながら、

「そうそう、私、今度の土、日で、寿美江《すみえ》さんと京都に行ってくるわ」

いきなり言った。

「旅行？」

誠は不思議そうに問い返した。

「ええ」

「珍しいね」

はじめてだ、そんなことを言い出したのは。東京に来た当初はふたりで箱根や日光、鎌倉と出かけたが、最近はまったくなくなった。

「京都で、寿美江さんの知り合いが個展を開くからいっしょに行ってくれないかって誘われたの。寿美江さんにはお店でも世話になっているし」

寿美江とは二度ほど会ったことがある。目鼻だちの派手な女性だ。同い年のせいか、綾子と気が合うらしい。

「そう、わかった。俺はだいじょうぶだから楽しんでおいで」

「じゃあ、そうするわ」

あっさり綾子は言った。

誠の顔を見ようとしないことが気になった。

三月九日土曜日の朝十時過ぎ、綾子は旅行鞄《りょこうかばん》を持ってマンションを出た。誠は外に出て見送った。綾子は通りに出てからは一度もこっちを振り返ることなく、出かけていった。

重たいものを呑み込んだような不快感が、胸を襲った。去年の暮れごろから彼女の態度が変わってきたように思える。

口数が少なくなった。とくに誠を叱《しか》る言葉が消えた。その代わり、表情が厳しくなった。小説を書かなくなった、いや書けなくなった誠に失望し、嫌気がさしたのだろうか。帰ってきたとき、酒の臭いがきつくなった。以前はあまり呑まなかったのに、酔って帰ることが多くなった。

最初に男の影を感じたのは一カ月前のことだ。店から帰った綾子が風呂に入っているとき、テーブルに置いた彼女の携帯が鳴った。メールの着信を知らせる音だった。

誠は携帯を見た。篠崎《しのざき》豊《ゆたか》という名だった。さすがにメールの中身までは見ることが出来なかった。客のひとりだろうと思ったが、深夜にメールを送る仲が気になった。

昨夜も綾子が帰宅してすぐにメール音が鳴った。そのとき、彼女はメールを見て、そのまま風呂に行った。

誠はなんとなく気になり、外廊下に出てみた。そして、通りを見た。街灯の明かりの射《さ》さない場所に男が立っているのがわかった。顔はわからない。だが、その男がいきなり明かりの下に現れ、そして走りだした。街灯の明かりに映し出された姿は自分と同じ三十歳前後と思えた。なぜ、男がいきなり走りだしたのか。わけはすぐにわかった。白い自転車に乗った巡査がやってきたのだ。

巡査の姿を見て、男はあわててその場を離れたようだ。巡査がこちらを見上げた。顔はわからないが、若い巡査のようだった。

やがて、巡査も自転車に乗って去っていった。

男は綾子を送ってきたのではないか。

そんなことがあったので、綾子の突然の旅行が気になった。水谷《みずたに》寿美江といっしょだと言っていたがほんとうだろうか。

ひょっとして、篠崎豊という男といっしょではないのか。いったん、疑念が湧くと、その妄想から逃れられなくなった。

今年もらった年賀状を調べた。水谷寿美江の住所と電話番号が書いてある。住所は高《こう》円寺《えんじ》だ。すぐに電話をしたかったが、思い止まった。

あとで、誠が電話したことを綾子に知られるのはまずい。誠は外に出て駅の近くの公衆電話まで行った。

誠は公衆電話から寿美江のマンションに電話した。コール音がしているが、出なかった。綾子と待ち合わせているなら、もうマンションを出ているはずだ。

しかし、別の用事で出かけた可能性もある。午後になってからもう一度電話した。

「はい、もしもし」

女の声で応答があった。

誠はあわてて、

「水谷寿美江さんですか」

と、きいた。

「はい。そうです。どちらさまですか」

「宅配便の者ですが、いまお部屋にいらっしゃいますか」

「ええ、います」

「わかりました」

誠は受話器を置いた。

ふっと目眩《めまい》がした。寿美江は高円寺のマンションにいる。旅行には行っていない。綾子は嘘《うそ》をついて出かけたのだ。

誠はマンションに戻った。よほど、綾子の携帯に電話をかけようかと思った。だが、当然言い訳をするだろう。

まさか綾子が俺を裏切るなんて……。

2

誠が綾子と出会ったのは六年前、大阪北新地《きたしんち》のクラブでだった。

船場《せんば》で創業六十五年になる繊維問屋の津村商会の長男でありながら、誠は家業に関心を示さなかった。大学では文芸クラブに所属し、同人誌を自ら主宰し、小説を書いていた。作家を目指しながらも、大学を卒業したあと津村商会に入った。頑固な父に逆らえなかった。

　仕事にはまったく興味はなかった。毎日、ニットだ、ウールだ、カシミアだと戦場のような職場にいるより、番頭と連れ立ち、得意先を接待するほうが、まだましだった。メーカーからの接待を受けて、道頓堀《どうとんぼり》界隈の料理屋から宗右衛門町《そえもんちょう》のスナック、あるいは北新地のクラブに繰り出し、大人の世界を知ることは、創作の役に立つ気もした。

　学生時代からミナミの界隈で遊んだが、その頃は開けっ広げでえげつないことも平気で口にする女がいるようなところばかりで呑んでいたが、仕事絡みで行く店はさすがに、だいぶ品がよかった。

　行った先々の店の女の子たちから、「津村さんとこんボンボン」ともてはやされるのは心地好く、これなら津村商会を将来継ぐのも悪くないなと思う一方、昼間、会社の倉庫の中で仕入れだなんだとか頭を悩ますのは性に合わず、やはりこの体験を生かして俺は小説家になるのだと思うのだった。

　北新地のクラブ『パピヨン』にはじめて顔を出したとき、席についたホステスが綾子だ。店では千草《ちぐさ》と名乗っていたが、すらりとした色白の美人で、慎ましやかな雰囲気に誠はたちまち心を奪われた。口が達者な女ばかりの中で、控え目でありながら、綾子は目立つ存在だった。

　なんと目のきれいな女だろうというのが第一印象だ。自分より年上に見え、誠は甘えるようにきいた。

「名前はなんていうね」

「千草です」

「千草さんか。いい名やなあ」

誠はしみじみ言い、

「もう長いの？」

「ここですか。二年です」

そう言いながら、さりげなく手を伸ばし、誠の上着の襟元についた糸くずを取ってくれた手の白さと長い指に、どきっとした。

グラスに水割りを作る千草の手の動きに、色気を感じた。うなじの白さ、切れ長の目に吸いよせられた。いままでつきあってきた若い女の子にはない何かを感じた。

「いずれは会社を継ぐんでしょう？」

千草が美しい標準語できいた。

「俺、小説を書いているんや」

ばかにされるかと思ったが、彼女は目を輝かせ、

「どんなことを書いているの。私、ミステリーが好きでよく読んでいるの」

「俺のはミステリーと違う。もっと人間の本質を突き詰めたいんだ」

「人間の本質って？」

「業だな」

「ごう？」

「人間なんて愚かなものや。気づかないうちにひとを傷つけ、自分で自分を追い込む。嫉妬、猜疑心《さいぎしん》、快楽、欲望、裏切り、暴力、数え上げたらきりがないほど人間は醜い部分を持っている。ひとに親切にしたり、やさしくしたりする。その裏に優越感がある。心の中では蔑んでいる。人間は常識という衣服をまとい、社会の通念を守って暮らしている。それで生きているなんて言えるか」

誠は熱っぽく続ける。

「社会というものが個人を抑圧している。社会と個人は相反するものなんだ。道徳で人間をがんじがらめにしている。だけど、人間の業は常にマグマのように内部で活動している。それがいったん爆発すれば、ある者は犯罪に走り、ある者は不倫に走り、ある者はひとを貶《おとし》め、ある者はひとを騙《だま》す」

「なんだか難しそうね」

「決して反モラルを謳《うた》っているわけじゃない。人間は弱い者だと認識することによって強くなれるんや。社会を否定し、人間の醜さをあぶり出す。業を素直に認めることによって、新たな世界を作る。既成の常識の打破だ。俺が文学で目指すのは……」

誠は言葉を切った。綾子がじっと見つめている。

「どないしたんや？」

「目が輝いているわ。こんな生き生きとした目を見たのははじめて」

綾子は酒に酔ったようにうっとりしていた。

「そうか」

誠は満足そうにグラスに手を伸ばした。

それからは、『パピヨン』に行くたびに、綾子を席に呼んだ。初めは接待だったが、いつしか、誠はひとりで通うようになった。忙しくとも一日置きに行くようになった。

馴染《なじ》みになった頃、

「誠さん。だいじょうぶなの」

綾子は誠を心配してくれた。

「お金だってたいへんでしょ」

「ああ。でも千草に会いたいんや。ふたりで会えへんか。飯でも食おうよ。同伴と違うで。店と関係なしや」

「うれしいわ」

「ほんまか。同伴やない。店が休みのときやで」

誠は念を押した。

「わかってます」

綾子が微笑《ほほえ》む。

「じゃあ、今度の日曜日」

「そんな急に」

「やっぱり、お愛想だったのか」

誠はすねたように頰を膨らませた。

「違いますよ」

「じゃあ、いいんやないか」

「ちょっと用事があるんです」

「用事？　それ、どのくらいかかるの？　それが終わったあとでいいよ」

「そうねえ」

綾子は困惑したような顔をした。

「なんや、気が進まないんか」

「そうじゃないけど」

そう言ったあとで、ふいに笑顔になって、

「じゃあ、夕方なら」

「ああ、もちろんだ。なんかうまいもん食べよ」

考えながら、

「黒門市場《くろもんいちば》で串あげもいいな、千日前《せんにちまえ》のしゃぶしゃぶか、いやカニでも食うか」

誠はあれこれと、綾子の歓心を得るような食べ物の名前を並べだした。

「任せるよって」

その日から日曜日まで待ち遠しく、仕入れた生地の搬入作業の間もつい口許《くちもと》が緩んでいた。

船場センタービルにはたくさんの繊維問屋が入っている。日曜日は客も多い。

店を出たのは六時前、待ち合わせ場所の心斎橋《しんさいばし》の大丸前にある日航ホテルまで歩いた。御堂筋《みどうすじ》に出て、御堂会館の前を通り、心斎橋にやってきた。

ホテルの喫茶室に行くと、窓際の席に白いブラウスにジーンズのジャケットを羽織った綾子が座っていた。舗道に目を向けている。

その横顔が厳しいことに気づいて、誠は胸を衝かれた。店でも、ふとしたとき彼女は暗い表情を見せることがあり、気になっていた。

誠が近づくと、彼女はさっと顔を明るくした。さっきの表情が嘘のようだ。

「早かったんだね」

「いえ、ちょっと前」

彼女の前に出ているコーヒーカップは半分に減っていた。

さっきの様子が気になる。こっちが想像もつかない悩みを抱えているのだろうか。だとしたら、自分の力でなんとかしてあげたい。誠はそう思った。

やってきたウエートレスに誠もコーヒーを注文した。

私服の綾子を見るのは新鮮だった。しかし、自分は彼女のことをまだ何も知らない。

ホテルの前からタクシーで黒門市場の入口まで行った。市場に入ってすぐのところにある串あげの店に入った。

長いカウンターの中に何人もの板前がいる。

ビールを頼み、一つずつ出てくる串あげをほおばる。

「会社は継がれるのですか」

グラスを口から離して、彼女がきいた。

「商売は退屈や」

「退屈?」

「俺、商売好きやない」

「まあ。でも、いずれは跡を継ぐんでしょう」

「そうやなあ」

誠は皿に置かれた串あげを手にして、

「帆立か。うまそうや」

と言ってから、

「俺、小説書いてると言うたやろ。小説家として生きていく」

「小説家？」

「そや。今、書いているのを、来年の文芸新人賞に応募するんや」

「まあ、すごいわ」

綾子は目を見張った。

誠は少し胸を張って、

「きっと新人賞をとってみせるで」

「でも、お店は？」

「妹がいるよって。妹に婿はんをとってもらう」

「でも、お父様、頼りにしているのと違いますの？」

「俺の人生は俺が決める。そうやろ」

「ええ」

綾子は頷《うなず》いた。

「これ、うまいな」

誠は帆立の串あげを口に入れた。

グラスが空《から》になって、

「ワインをもらおうか」

「そうね。じゃあ、いただこうかしら」

ワインを呑みはじめて、綾子の目の縁がほんのり染まってきた。

誠はトイレに立った。カウンターは全部客で埋まっていて、外で待っている客も数組いる。

トイレから自分の席に戻ろうとして、さっきの綾子の厳しい横顔が気にかかった。

席に戻ってきて、誠は言った。

「きいていいかな」

「なに？」

「ホテルの待ち合わせ場所に行ったとき、とても辛そうな顔をしていた」

綾子ははっとしたように、

「なんでもないわ」

笑顔が強張《こわば》っていた。

「よかったら、聞かせてくれないか」

「たいしたことじゃないわ」

そう言ってワインを呑み干した。

そのあと、千日前まで歩き、カウンターバーに入った。そこで、カクテルを呑みながら、彼女が興味深げにきいた。

「ねえ、どんな話を書いているの？」

「プレイボーイの男が、捨てた女たちに復讐《ふくしゅう》されて墜《お》ちていく話や。でも、最後に、ひとりだけ、彼に手をさしのべた女がいた。その女こそ……。あとは、出来上がってから」

「面白そうね」

「ああ、自信があるんや」

「いいわねえ」

「新人賞をとったら、会社を辞めるつもりや」

「でも、お父様が許すかしら」

「商売には向かない。賞をとれば、親父《おやじ》も認めてくれるやろうからな」

「そう。誠さんが新人賞をとったら、遠いひとになってしまうわね」

「そないなことあるもんか」

誠は綾子の顔を見つめた。

「いっしょに暮らさんか」

「えっ？」

「いっしょに暮らすんや」

「なに言っているの？　酔ったのね」

「酔ってなんかない」

「まあ、怖い顔。悪い冗談はやめましょう」

「冗談なんかやない」

「わかったわ。新人賞、とったらね」

軽くいなすように、綾子は言う。

「ほんきやからね」

「私の歳、知っているの？　もう三十よ。あなたより五つも年上よ」

「それがなんや？」

誠はむきになった。バーテンがこっちを見たのを潮に、

「そろそろ帰りましょう」

綾子はなだめるように言った。

外に出た。

「送っていくよ」

誠はタクシーを拾い、彼女を先に乗せた。

路地を幾つか曲がって大通りに出た。誠は思い切って彼女の手を握った。彼女はそれをそっと受け入れた。

それからも『パピヨン』に通った。何度か食事に誘ったが、その都度、のらりくらりと綾子は逃げた。

そして、ようやく外で食事をする約束をとりつけたのは、黒門市場に行ってから一カ月後のことだった。

五歳も年上でありながら、すれたところのない綾子といると、誠は心地好かった。

約束の日曜日の夜、誠は綾子と法善寺《ほうぜんじ》横丁にある寿司割烹《かっぽう》に入った。

カウンターの目の前に新鮮なネタが並んでいる。

綾子は客にいろいろなところへ同伴で連れていってもらっているらしく、この店も知っていた。

寿司なら酒だと、ビールからすぐ日本酒に切り換えた。

「誠さん、聞いて欲しいことがあるの」

酒が進んだ頃に、綾子が突然、切り出した。客でいっぱいで、適度な喧騒《けんそう》が内輪話には都合がいい。しかし、何を打ち明けようとしているのか。誠は緊張した。

「私ね、結婚していたの」

予想外の告白に、驚きで体が揺れた。動揺をさとられまいと必死にカウンターの端にしがみついた。

北新地で働く大人の女にひとつやふたつ過去はあるだろう、そんな思いが浮かんだところで、再び彼女の声が聞こえた。

「北浜の証券マンよ。二年前にニューヨーク支社に転勤になるときに別れたわ。いっしょに来て欲しいって言われたけど。それまでもすれ違いが多くて、大阪を離れて生活していける自信がなかったの」

「………」

「彼が半年前に帰国したの。北浜の本社に戻ったからもう一度やり直そうって。私もその気になったけど、彼を追ってニューヨークから女性が来たの。彼女は必死で真剣だったわ。それで、終わりよ。彼とはきっぱりと縁を切ったのよ」

「ひょっとして、この前、会ったとき……」

「ええ、誠さんと会う前に彼と会って、話し合ったの」

「ほんとうは……」

ほんとうはそのひとのことがまだ好きなんやねと、口に出かかった。ときおり見せていた辛そうな表情を思い出す。

「お酒、もらっていいかしら」

銚子が空《から》になっていた。

新たに酒を頼んだ。

「あなたより年上でバツイチ。遊ぶなら若くてきれいな娘《こ》はたくさんいるわ」

綾子は諭すように言った。

このことを言うために、きょうはつきあってくれたのだと思うと、誠は綾子に対して申し訳ない気持ちになった。

「ごめんね」

綾子はやさしく言った。

「わかった」

誠は思い詰めた目で応えた。

そのあと、誠は食が進まなかった。酒を呑んでも、酔えなかった。

早めに切り上げて、外に出た。

法善寺横丁の明かりが艶っぽい。石畳が月の光を浴びて輝いていた。

「ちょっとお参りをしていこう」

そう言い、誠は水掛《みずかけ》不動《ふどう》に綾子を連れていった。水商売らしい和服の女性がお参りをすませたあと、誠は前に出て、苔《こけ》の衣を身にまとったようなお不動さんに杓《ひしゃく》で水をかけた。続いて綾子も水をかけた。誠は手を合わせて熱心に願った。手を解き、顔をあげると、苔むしたお不動さんが微笑んでくれたような気がした。

「綾子さん。善哉《ぜんざい》を食べよう」

誠は赤い提灯が下がっている甘味処の『夫婦《めおと》善哉』に足を向けた。

「強引ね」

店に入って、善哉を注文する。やがて運ばれてきたふたつの椀に、善哉が分けられている。夫婦の意味らしい。

「おださくの『夫婦善哉』知ってるか」

誠はきいた。

「おださく？」

「織田作之助《おださくのすけ》や。昭和十五年に発表された作品や。名作やで」

「そう」

「安化粧品問屋の道楽息子柳吉《りゅうきち》とその男に惚れ抜いた芸者蝶子《ちょうこ》の夫婦の話や。散々な苦労をかけた末に、柳吉が蝶子を誘って夫婦善哉を食べるんや。これで、いろいろあったが、夫婦の絆が深まるんや。俺たちみたいな」

誠は強引にこじつけて言う。

「何言っているんですか。さっきの私の話を聞いていたでしょう」

「聞いたよ。しっかりとね。その上で、言うてるんや。さあ、食べよ」

続けて何か言いかけた綾子を抑えるように言い、誠は善哉を食べはじめた。

「うまいな」

客が入ってきて隣に座ったので、綾子も仕方なく食べはじめた。

ふたつの椀を食べ終え、誠は綾子の耳元に口を寄せて言った。

「男女でこの善哉を食べると、そのふたりはうまいこと、いくらしい」

綾子は呆れたように誠を見た。

「水掛不動さんにな、どうかふたりが結ばれますようにってよくお願いしたわ。水掛不動さん、商売繁盛だけでなく、恋愛成就の願いも聞いてくれるそうや。水掛不動に夫婦善哉。ふたつ重なれば、うまいこといきそうや」

「誠さんは大馬鹿よ」

綾子は少し顔を紅潮させ、困ったように呟《つぶや》いた。

この夜、二人ははじめて結ばれた。

3

その後、誠はしばらく『パピヨン』に行けなかった。出張などが重なり、仕事が忙しかったのだ。ようやく店に行けたのは夫婦善哉を食べた日から二週間以上経ってだった。

松竹座のチケットが二枚手に入ったので、どうしても綾子を誘いたかった。

席についた綾子が、

「何かあったの？」

心配そうにきいた。

「いや。どうして？」

「だって、ずいぶんご無沙汰だから」

「ごめん。仕事が忙しくて親父にこき使われてたんや」

「そう。病気でもしたんじゃないかって気を回したわ」

「明日の昼間、空いてない？」

「明日？　空いているけど」

「じゃあ、松竹座に行こう。チケット手に入ったんや」

「えっ、いま於染久松《おそめひさまつ》ね。うれしいわ」

「ほな、十時半に松竹座の前で」

見回すと、向こうの席に、よく見る同業者の顔があった。

ここの客には丼池《どぶいけ》の繊維問屋の関係者も多い。やがて「津村んとこのボンボンが千草という女と出来ている」という噂《うわさ》が父の亮吉《りようきち》の耳に入るのも時間の問題だ。いや、もう知っているかもしれない。

その日は十一時前に引き上げた。

「じゃあ、明日」

見送りに来た綾子に言い、誠はタクシーに乗って家に帰った。

父の亮吉も出かけていて、まだ帰っていなかった。北新地の茶屋だろう。父はクラブで呑むより茶屋で芸者を侍らせて呑むほうが好きなのだ。若い頃は宗右衛門町の茶屋や料理屋に行っていたようだが、今は北新地に足を向けている。北新地に芸者が減っていると、父が嘆いていることがあった。

自分の部屋に入ろうとすると、妹の真菜《まな》が声をかけた。

「兄さん」

「なんや、まだ起きてたんか」

真菜は大学三年だ。細身で、目が大きく、髪が長い。

「兄さん。最近、北のクラブに入り浸ってるんやって」

誠は眉根を寄せた。

「誰がそんなこと？」

「友達よ」

「友達？」

「丼池の問屋の娘。彼女のお父さんが兄さんのこと噂してたって。千草ってホステスに逆上《のぼ》せ上がってるって」

「逆上せ上がっとるいうわけやない」

「ほどほどにしないと、お父さんが怒るわよ」

「なに生意気言うてるんや。ははん、母さんに言われたんやな」

母はおとなしい女で、自分では強く言えないので、真菜に言わせたのだろう。

「小説、まだ書いてるのね」

真菜は机のそばに近づいた。パソコンの横にプリントアウトした小説の原稿が置いてある。

「ああ、新人賞に応募するんや。自信作や」

「もし、受賞したらどうするの？　二足の草鞋《わらじ》を履くつもり？」

「いや。俺は作家一本でいく」

「お店は？」

「おまえが婿をもらってやれよ」

「私は留学するつもり」

「留学？」

「どこへ？」

「パリよ。繊維問屋の娘だけど、素材じゃなくて、デザインに興味があるの」

「それやったら、帰ってきてから婿をとればいい」

「出来たら向こうで仕事がしたいわ」

真菜は目を輝かせる。

「父さんが許すかな」

「兄さんのほうこそ無謀やないかしら。でも、お父さんにバレる前にホステスさんとは別れたほうがいいわよ」

「ほっといてくれ」

「まさか、マジやないでしょうね」

「はよ寝ろ。この話、またにしよう。父さんにはまだ言わんといてな」

「呆れた。おやすみなさい」

真菜はやっと部屋を出ていった。

まさか、留学を考えているとは知らなかった。困ったなと思ったが、自分の行く道を変えるわけにはいかなかった。


翌日の十時半前に松竹座前にやってきた。もう、だいぶ人だかりがしている。

浪花花形歌舞伎のポスターの前で婦人たちがうっとりしている。辺りは華やかな空気に包まれている。

幕間の昼食は隣の『はり重』に席をとるつもりでいた。子どもの頃から父に連れられ松竹座によく来たが、昼は必ずここで食べた。

十時半になって開場、観客がどんどん劇場に吸い込まれていく。

十時四十分を過ぎたが、まだ綾子は来ない。タクシーで来るなら御堂筋のほうからか、あるいは戎橋《えびすばし》を渡ってくるのか。

十一時近くになって、さすがに誠も焦った。携帯を取り出し、電話をする。なかなか出ない。移動中で出られないのかと思っていると、やっと彼女の声がした。

「いま、どこ？」

誠は思わず声を高めた。

「家よ」

「なんやて、もう開演や。どうしたん？」

「お客さんなの」

「客？　誰なんや？　別の日にしてもらえへんのか。今から、すぐ出てくれれば、次の幕から……」

「誠」

いきなり男の声に代わった。

「えっ、父さん？」

誠は耳を疑った。

「いいか。今から帰るよって、おまえも家に帰っておれ」

「なんでや、なんで、そんなところにおるんや」

「いいな。家で待っていろ」

「これから松竹座や」

「綾子さんは行かない」

「まさか、父さんが？」

やっと事態を呑み込む。松竹座の前に集まっていたひとたちはもういない。開演時間が迫っていた。

「いいな。これから帰るからな」

父は電話を切った。

誠は頭の中が混乱していた。戎橋までふらふら歩いてきて、欄干から道頓堀川に目をやる。

携帯が鳴った。綾子からだ。すぐに出る。

「もしもし」

「出かけようとしたら、いきなりお父さんがいらして」

綾子が震えを帯びた声で言う。

「親父、何て言うたんや？」

「誠と手を切ってくれと」

「もちろん、いややと言ったんやろうな」

「…………」

返事がなく、やがて泣き声がした。

「どない言うたんや？」

誠は息苦しくなってきた。

「別れましょう」

「今、何言うたんや？」

「誠さんのためよ」

「そんなことあるか。いやや、俺は別れへんで。これから、そっちに行くから」

「だめ。出かける」

「出かける？」

「お父さんが誠が駆けつけるといかんから、どこかに出かけてくれって」

「なんやて。汚い、汚いやんか」

誠は怒鳴った。

通行人がこっちに顔を向けて通りすぎていった。

「さよなら」

「今すぐそっちに行くから」

誠はすぐに橋を戻り、御堂筋に出てタクシーをつかまえた。

「天満《てんま》に」

真菜はこのことを知っていたんだと、ゆうべのことを思い出した。おやじの耳に入るとまずいと思っていたが。

マンションに着いて、エレベーターに乗り込んだ。ゆっくりした動きだ。

やっと六階に着き、急いで綾子の部屋の前に立った。インターホンを鳴らしたが、ドアが開く気配はなかった。


家に帰ると、父が待っていた。母がそばで心配そうな顔をしている。

居間で、父と向かい合う。

「別れるんや」

いきなり、父が言った。

「父さん。俺、彼女と結婚したい」

「ばかを言うな。聞けば、おまえより五つも年上だ。それに、結婚していたらしいやないか」

「そんなの関係ない」

「だめだ。おまえにはもっとふさわしい女がいる。あの女かて、別れることを承知してくれたんや」

「俺は彼女やないとだめなんや」

「なに青臭いことを言うてるんや。ええか、結婚は認めない」

父は頑固な男だ。二代目として会社を支えてきた一本気な生き方の父は、なまじなことで、気持ちを変えることはない。ともかく、この場は引き下がっておこう。それより、綾子の気持ちをなんとかしなければならない。

「誠。母さんも心配よ。騙されてるんやないかって」

そんなことはないと反論したかったが、無駄だと知った。

黙って俯《うつむ》いているのを承諾したとみたのか、

「もういい。早く商売を覚えろ」

父はそう発破をかけた。

誠は自分の部屋に入ると、すぐに彼女の携帯に電話した。何度もコール音が鳴っている。出るか出ないか、迷っている姿が想像された。

あきらめずにいると、やっと出た。

「もしもし」

「いま、親父から聞いた。別れると承知したってほんとか」

誠は食ってかかるようにきいた。

「あなたのためだと言われたら、何も言えないわ」

「まさか、金なんか渡されてないやろな」

「手切れ金を出すと言われたけど、きっぱりと断ったわ」

「ええか。何があっても俺はおまえと別れへん。きっと、親父を説得してみせる。もうちょっと待ってくれ。いいね」

「だめ、お父さんの言うとおりよ。私なんか、あなたのためにならないわ」

「そんなことはない。しばらく、家から出られへんけど、その間に小説を仕上げる。電話は毎日入れるから」

「………」

「お店を辞めたり、どっかへ引っ越したりせんといてくれよ。俺、あんたがいなかったらだめになってしまう」

「わかった……」

綾子は消え入りそうな声で答えた。

携帯を切ったあと、誠はさっそくパソコンに向かった。小説を仕上げるのだ。翌日からは仕事が終わったあと、自分の部屋に閉じ籠もって小説を書き続けた。

4

それから一カ月後、誠は午後の仕事をさぼって船場センタービルの南、久太郎町《きゅうたろうまち》二丁目にある船場郵便局に行き、郵便小包を出した。東京の出版社に送る応募原稿だ。窓口で渡したあと、誠は手を合わせて願った。局員が怪訝《けげん》な顔をして、引き上げる誠を見送った。

郵便局の外に出てから、携帯を取り出す。

爽やかな風が吹いてきた。何かをやり遂げたあとの清々しさ。空がこんなにも青かったのかと、改めて思った。

このところ、家と会社の往復ばかりで、休みの日も部屋に閉じ籠もって小説を書いていたのだ。父も母も、誠が改心したと思って安心しているようだった。

携帯を取り出し、綾子にかけた。

「もしもし」

「俺だよ。いま、郵便局の帰りだ。新人賞の原稿、送ったところだ」

「まあ、ついに完成したのね。おめでとう」

「なあ、ちょっと会えへんか」

「でも、お店があるから」

「会いたいんや。一時間でも三十分でもいい」

「じゃあ、四時に」

いま、三時だ。

「わかった。お初天神《はつてんじん》通りにある珈琲《コーヒー》店にしよう」

「いいわ」

久し振りに心が浮き立った。

あと一時間もある。誠はミナミのほうに向かって歩きだした。

南船場から心斎橋筋商店街のほうに曲がる。そして、商店街をぶらぶら歩いた。ショーウィンドーに洒落《しゃれ》た服を目にして綾子に着せたいと思ったがサイズがわからない。今度いっしょに来て買ってやりたい。

やがて、グリコの大きな看板と巨大カニが見えてきた。

戎橋を渡り、法善寺に向かった。水掛不動の前に観光客らしい数人の中年男女と若いカップルがいたので、お参りの順番を待った。

やっと、自分の番がきた。杓に水を汲《く》み、不動さんの顔を目掛けて振った。見事に顔にかかった。さらに、もういっぱい、今度は首にかかった。

(どうか新人賞をとれますように)

誠は祈願した。そして、もうひとつ、

（どうか、綾子といっしょになれますように）

誠は長い間、手を合わせていた。

水掛不動から離れ、夫婦善哉の赤い提灯を目の端にとらえた瞬間、綾子と善哉を食べた日のことを思い出した。

男女でこの善哉を食べると、そのふたりはうまいこと、いくらしい。誠の言葉を、綾子は忘れていないはずだ。

この前、待ちぼうけを食った松竹座の前を通り、御堂筋に出てタクシーを拾った。

工事中なのか車が渋滞していて、梅田新道の交差点で車を下り、お初天神通りに向かった。

通りの中程にある珈琲店に入ると、待ち合わせの四時より前だったが、綾子の姿があった。

「早かったね」

誠は心が弾んだ。

「小説、完成したのね」

「うん、思い通りに仕上がったと思う。ちょっぴり自信がある」

「うまくいくといいわね」

「そしたら結婚しような」

「誠さん」

綾子は顔色を変えた。

そのとき、ウエートレスがやって来たので、彼女は口をつぐんだ。誠は珈琲を頼む。

ウエートレスが去ってから、

「そんなこと出来るわけないじゃない」

と、綾子が怒ったように言う。

「この時代、親の反対で結婚出来ないなんてありえない。要は本人同士や」

「だって、誠さんは店の跡取りじゃない。それなりの奥さんをもらって店を継ぐ。それがお父さんの願いなんでしょう」

「俺は店を継がない。作家になるんだからね」

誠はきっぱりと言う。

「でも、お父さんは許さないわ」

「そうやろな」

父は自分の店を継がせたいのだから、作家になると言ったら烈火のごとく怒るのは目に見えている。そのことを考えると憂鬱になる。

「まあ、なるようになるわ」

誠は根っからの気楽さを装う。

「誠さんの悪い癖よ。なんでも、先延ばし」

「いや。その間にうまい解決策が見つかるはずや」

答える代わりに、彼女は溜《た》め息《いき》をついた。

久し振りに会えたうれしさで会話が弾んだが、綾子の出勤時間が気になり、カップに残った珈琲を飲み干して店を出た。

「ちょっとお参りしていこう」

誠はお初天神に綾子を連れていった。

元禄時代に、この神社の境内で遊女お初と手代徳兵衛《とくべえ》が情死した。この実際にあった心中事件を、近松門左衛門《ちかまつもんざえもん》が『曾根崎《そねざき》心中』という悲恋物語に仕立てた。今では、縁結びの神社として有名だ。

社殿の前に立ったが、綾子はお参りをしようとしなかった。

「だって、お初さんと手代の徳兵衛さんは結局心中したんでしょう。なんだか……」

「何言うてるんや。お初徳兵衛の熱い思いが縁を結ばせてくれる。お参りすればきっと俺たちもうまくいく」

水掛不動にもお参りしたし、これで万全だと、誠は信じたかった。

境内を出てから、

「明日、休みをとったから、会いたい。いいやろう」

「でも、お店があるし、二度と会わないと、お父さんと約束したのに」

「気にすることはない。近くだと誰に見られるかわからへんから、車で岸和田のほうにでも行こう。夕方までに帰ってくるから」

　翌日、誠は車の助手席に綾子を乗せ、東大阪市に向かった。さすがに、大阪市内を離れると、解放感がある。

目の前に見えてきた駅は、JR学研都市線の鴻池新田《こうのいけしんでん》駅だ。

線路の向こう側に鴻池新田会所《かいしよ》跡がある。

「ちょっとここに寄っていいかな」

　車を駐車出来る場所を探し、誠と綾子は会所の表門から入った。

「江戸時代の豪商鴻池善右衛門宗利が広大な土地の開発を請け負って、新田を管理・運営するために建てたのがこれだ」

　誠は説明する。

「次の小説は鴻池家にまつわる話を書こうと思ってるんや」

「へえ、誠さん。いろいろ調べているのね」

　綾子は感心したように言う。

「いや、まだ、これからやよ」

誠は照れた。

この会所が出来たのが一七〇七年だ。小説の舞台は三百年後の現在で、鴻池家の血を引く青年と当時新田で働いていた農民の生まれ変わりの女性との悲恋物語にする構想を持っていた。

門を入った正面に重厚な入母屋《いりもや》造りの建物がある。中に入ると、書院造りの客間があり、付近の地主や新田会所の役人らと応対したという。

この屋敷の周囲に堀がめぐらされ、水路を通して寝屋川《ねやがわ》につながっていて、ここから米などを大坂に運んでいた。

綾子を伴い気もそぞろで、小説の取材は少々心もとなかった。

車に戻り、国道を通って、岸和田に向かった。

岸和田は『だんじり祭』で有名だ。

「まだ、だんじりを見たことがないんや」

誠は言う。

「私もテレビのニュースでしか見たことないわ」

岸和田城を見学、だんじり会館に寄り、堺に向かった。

途中、ラブホテルの看板が見えた。

「ちょっと休んでいこう」

久し振りに会って綾子を抱きたい気持ちを抑えられなくなった。

綾子は何も言わなかった。誠は車をホテルの駐車場に入れた。


綾子は誠の裸の胸に顔を埋めた。

「あなたはばかよ。こんな年上の女なんて。どこがいいの」

「すべてだよ」

誠も昂奮していた。

「だって、あなたのお父さんは私を認めてくれないわ。つきあいを許してくれないのよ。だから、早く別れましょう」

そう言いながら、綾子は誠にしがみついてくる。

「誰が反対しようが離すもんか」

「あなた、不幸になるわよ。親に反対されているのよ。別れるなら今のうちよ」

熱に浮かされたように、綾子は訴える。

ホテルを出て、堺市役所の最上階にある展望ラウンジに行った。そこから、前方後円墳の仁徳天皇陵を上から望むことが出来る。

「でも、よくわからないわ」

前方後円墳の形のことだ。周囲に他の小さな古墳もあるので、確かに形はわかりづらかった。

「喉が渇いた。何か飲もうか」

喫茶室の前で、誠は声をかけた。

そのとき、彼女があっと声を上げた。

「どうした?」

綾子の視線を追った先に、見覚えのある男の顔があった。

「あれは……」

「矢代《やしろ》さんよ」

丼池に店を持っている男だ。クラブの常連だ。

矢代には連れがいた。そのまま、エレベーターホールへ向かった。

「俺たちに気づかなかったんじゃないか」

「私のことには気づいたみたい」

父に告げ口をされるかもしれない。

車で急いで大阪に戻ってきた。

曾根崎で綾子を下ろし、誠は船場に戻った。

それから一カ月近く、父から注意を受けることもなく平穏に過ごした。綾子とは何度か会ったが、店に行くことはなくなった。

彼女のマンションに行くようになったのだ。

「別れるなら今のうちよ」

それが綾子の口癖になっていた。そのくせ、誠のために茶碗と箸を買い、替えの下着も用意してくれた。甲斐甲斐《かいがい》しく、誠の世話をする様子がうれしそうだった。

六月になった。その日は誠が応募した新人賞を主催する雑誌が発売される日で、新人賞の中間発表が載る。

午前中の休みをとり、誠は開店時間に合わせて書店に急ぎ、その雑誌を手にした。目次を見て、恐々《こわごわ》中間発表のページを開いた。ペンネーム織田悟史《おださとし》の名があった。二次予選を通過していた。

一次の通過者が八十二名、二次が二十三名。応募総数四百九十二名の中の二十三名に選ばれたのだ。

雑誌を手にしたまま、誠はしばらく高揚した気持ちで立ちつくしていた。やっと我に返り、雑誌を買い求めて書店を出た。

すぐに、綾子の携帯に電話した。

「もしもし」

「二次予選通った。二次だ」

誠は昂奮を抑えられない。

「きっと次のステップにも行っているはずや」

誠は有頂天になっていた。

「おめでとう。すごいわ」

綾子も喜んでくれた。

そのうち、最終候補に残ったという通知がくるだろう。作品には自信があった。二次予選を通ったということは、その自信が決してひとりよがりではなかったということだ。

電話を切り、家に帰ると、真菜がまだ家にいた。

「なんや、まだ学校に行かへんのか」

「きょう午前中は休講。兄さん、なんだかうれしそうね」

「まあな」

「何があったの？」

「これや」

誠は雑誌を見せた。

「二次予選？」

「そうや。はじめて応募した小説が二次予選を通ったんや」

「そう。それってすごいことなん？」

「当たり前や。四百九十二名の中の二十三名に選ばれたんや」

「だって、新人賞ってひとりなんでしょう。一番にならなきゃだめなんでしょう」

「それはそうやけど」

誠は急に水を差された気になった。が、むきになって言う。

「近々、最終候補に残ったという知らせがくるはずや。絶対に」

「でも、兄さん」

真菜は表情を曇らせた。

「父さんには知られないようにしたほうがいいよ」

「兄さん。あの女性とまだつきあってるんやって」

「………」

「なんで……」

「一カ月くらい前、堺にその女性《ひと》と行ったそうやない」

やはり、矢代に見られていた。

「やっぱり、そうなんやね」

「父さんも知ってるんか」

「ええ。あれは性悪女やて怒ってたわ」

「彼女が嘘をついたんやない。俺が別れたないて言うたんや」

綾子の名誉のために、誠は訴えた。

「でも、同じよ。兄さんを突き放し切れなかったんやから」

「真菜はわからへんのか。同じ女として」

「わからへんわ。もっとわからへんのは兄さんのほうよ。だって、そのひと、五つも年上なんでしょう。おまけにバツイチやって。なんで、よりによって、そんな女なん？

友美《ともみ》のほうがよっぽどええやない。友美、まだ兄さんのことを……」

「悪いけど、俺には彼女しかいない」

「兄さんは純粋過ぎるのよ。そやから、そんな女に引っかかって」

「そうやない」

「私、いやよ。そんな女を義姉《ねえ》さんって呼ぶのなんて」

「会ったこともないのに、どうしてわかるんや？」

「わかるわ」

「真菜はわかってくれると思ったけど」

誠は落胆した。

「無理よ。だって、兄さんがまともに結婚して家業を継いでくれへんと、私にとばっちりがくるのよ。私に婿をとらせるという話になったら困るわ。私かて今好きな人がいるんやもん」

　真菜は本音を出した。

「ねえ、兄さん。もう一度、考え直して」

「真菜。俺は家業を継ぐ気はない。この家のものはみんなおまえにやる」

「いやよ。私だって、やりたいことがあるんだもの」

「父さんは俺が小説書いていても、何も言わへんのや。だから、家業のことだって、俺をあてにしてないと思うよ」

「兄さんってほんまに甘いわ」

「どういうことや？」

「父さんが何も言わないのは、プロになれっこないと思っているからよ。そのうちに諦めるって。女のひとのことはそうじゃないから口出ししてるんよ」

「………」

「もうひとり、男の子、産んどいてくれたらよかったのにね。そしたら、兄さんも好きなことが出来たのに」

　そう言い残し、真菜は部屋を出ていった。

　誠は追い詰められた。いよいよ、この家を出ていくことを考えなければならないと思った。

数日後、仕事が終わったあと、誠は父に呼ばれ、事務所の応接室に入った。

応接セットのソファーに座り、父と向かい合った。

「誠。まだ、あの女とつきあってるらしいな」

父は静かに切り出した。だが、目には冷やかな怒りが燃えているのがわかった。

「どういうつもりや」

「父さん。俺は彼女といっしょにいたいんや」

「あかん。あの女は津村商会の嫁にふさわしゅうない」

「俺は家業を継がない。作家になりたいんや」

「あほか。作家なんかになれるもんか」

「なれる。自信ある」

「あの女と別れるんや。ええな」

「別れない」

「誠……」

父はしばらく誠を睨《にら》み付けてから、激しい口調で言った。

「女と別れないなら出ていけ。親子の縁を切る」

「わかった。出ていくわ」

いる。

専務の轟《とどろき》があわてて応接室に入ってきた。応接室といっても、衝立《ついたて》で仕切られているだけなので、大声を出せば筒抜けだ。

「ぼんぼん、落ち着いてくださいな。社長も」

「轟さん。すみません。こうなるしかなかったんです」

誠は踏ん切りをつけた。

父が自分の望む道を行かせてはくれないと思っていたから、この結果は想像していたことだ。

自分には作家になる夢と、綾子といっしょになる望みのどちらも大事だった。もし、このうちのひとつでも諦めたら、必ず後悔する。

自分の部屋に戻って、誠は綾子に電話した。彼女は今、美容院だから、あとでかけると言った。

三十分後に電話があった。

「家を出ていくことにした。これから、そっちに行ってええかな」

「まあ」

綾子は絶句した。

「もうあとには引き返せへん。でも、これですっきりした」

「わかったわ。いらっしゃい」

綾子は意を決したように言った。

5

誠は東京に来て以来、はじめて綾子がいない朝を迎えた。まんじりともしなかった。胸が抉《えぐ》られるように痛い。絶望的な溜め息をつくたびに体の中から生気が吐き出されていったようで、たった一晩で誠は一気にやつれた思いがした。

飯を食べる気にもなれない。それでもという僅かな期待と、自分の心を紛らわすため、八時過ぎにマンションを出た。

野方《のがた》駅のバス停の前で迷った。自分はいったい何をしようとしているのか。綾子を疑っている自分に唖然《あぜん》とする。彼女が俺を裏切るはずがない。

そうだ。彼女を信じなければ。

五年前、父から絶縁を言い渡され、家を飛び出してそのまま綾子の部屋に移った。

結局、その後、最終候補に残ったとの通知は来なかった。やがて、新人賞が発表された。それから二カ月後、誠と綾子は東京に引っ越したのだ。

受賞作を読んでみると、会心の出来栄えだと思った自分の作品が、ずいぶん安っぽく思われた。

　落ち込んでいる誠に、綾子がぎらつく目で言った。

「誠さん。東京に行きましょう。新しい土地ならば、また新しい発想が湧くかもしれないわ。私がきっと誠さんを作家にしてみせる」

　綾子は店で、客から「あんた、年下の男をだめにしたらあかんで」と面と向かって言われたことがあったらしい。誠にしても、津村商会の跡取りが性悪女に逆上《のぼ》せ上がって人生を棒に振ったと陰口を叩《たた》かれている。大阪にいれば、そんな話はいやでも耳に入ってくる。

「東京か……」

　ちょっと尻込みするように、誠は呟いた。

「私は東京に長い間、住んでいたから心配ないわ。きっと、誠さんを小説家にしてみせるわ。きっと、陰口を叩くひとたちを見返してやるわ」

　大学の先輩が、東京で有名な同人誌の主催者と知り合いで、そこの同人誌から何人もの作家が誕生していると聞いている。綾子も知っていて、

「ねえ、その同人誌に入って勉強したら。生活のことなら、私に任せて」

　綾子の熱心な勧めに、誠もその気になった。

　綾子は生まれは河内の八尾《やお》らしいが、親の仕事の関係で五歳のときに東京に引っ越し

た。高校を卒業するとき、両親は大阪に帰ったが、綾子は戻らなかった。結婚して大阪で暮らすようになるまで東京で暮らしていたのだ。

中野区野方に部屋を借りたのは、綾子が一時期住んでいた土地だからだ。『宝マンション』という名がついているが、築二十年以上が経過し、アパートのようなものだ。家賃も手頃だったので、古いことは気にならなかった。

綾子が新宿歌舞伎町のクラブで働くようになったのは、東京に住んでいた頃からの友人である寿美江の世話だった。寿美江も、同じクラブで働いていた。

東京で暮らすようになって、

「俺も働くよ」

誠はそう言ったが、綾子は首を横に振った。

「いいの。あなたは新人賞を目指して。新人賞をとってもらわないと。あなたの夢を叶《かな》えて欲しいの」

「でも」

「私といっしょになったから、あなたがだめになったなんて言われたくないわ。あなたの夢は私の夢。これは私の意地でもあるの」

綾子は妙に力を込めて言った。

あの言葉を口にしてから五年。彼女の心に変化があったのだろうか。そんなはずはない。綾子は自分を愛してくれている。自分を犠牲にしてまで尽くしてくれている。誠が作家になるために、支えてくれているのだ。

いっしょに暮らすようになって、綾子は新しい洋服もあまり買っていないようだ。誠に栄養をつけさせようと食事に気をつかい、給料が入ったときには外に食べに行き、贅《ぜい》沢《たく》をする。誠の誕生日には贈物もしてくれた。

ささやかな暮しでも温かく、愛に満ち溢れていた。

この五年、彼女は変わらなかった。そんな彼女が心変わりをするはずはない。そう思い込もうとした。だが、誠には大きな不安があった。

小説が書けなくなっていた。はじめて応募した小説が二次予選を通った。誠の予想ではもっと上に行けるはずだったのだが。それでも自信にはなった。

東京に出てから同人誌に入った。そこで作品を発表した。作品は酷評された。毎回ぼろくそだった。文学というものがわかっていない。人間描写が皮相的で、まったく人間が描けていない。テーマも破綻している。

小説の読み巧者が揃《そろ》っていた。いや、自分では書けないからこっちに嫉妬しているのだと考えた。手厳しく言われ、のたうちまわるような悔しさを味わった。そんな誠の精神を支えたのは新人賞の選考結果だった。翌年の応募でも二次予選を通過した。

鴻池の子孫と鴻池新田で働いていた農民の生まれ変わりの女性との恋物語で、同人誌仲間ではさんざんの批評だった。それが二次予選を通過したのだ。だから、彼らこそ小説をわかっていないのだと内心で嘲笑《あざわら》ったものだった。

だが、三年目、満を持して応募した小説はあろうことか、一次予選も通らなかった。雑誌の予選通過者名の一覧の中に自分の名前がないのが現実と悟るまで、時間がかかった。

絶望の淵《ふち》に追いやられた誠を綾子が励ましてくれた。人間、飛躍する前にはよくあること。この挫折を乗り越えてこそ一人前になるんじゃない。その言葉にどんなに励まされたことか。

だが、四年目はもう応募しなかった。書けなかったのだ。その頃から、同人誌の批評会には参加しなくなった。書く度にけなされ、新人賞、二度の二次予選通過という心の支えも遠のき、書くことが怖くなった。

そして今年も新人賞応募の締め切りが迫ってきた。だが、原稿は一行も出来ていなかった。

同人誌仲間の集まりにも出席しなくなり、小説も書いていない。その代わり、パチンコに出かける時間が増えている。

綾子はそんな誠に失望したのではないか。彼女なりに誠を支えてきたのに、見切りをつけたのかもしれない。

端から見れば、誠はヒモ同然だ。

こんな男に嫌気が差すのは当然かもしれない。

やはり、綾子は男と旅行に出たのだ。寿美江がいるかどうか確かめたい。きのうの午後、寿美江はマンションにいた。だが、あの後、寿美江は綾子を追いかけたかもしれない。そう思いたかった。

気持ちが揺れ動いた。結局、誠はバスで高円寺に向かった。

以前に一度だけ、綾子といっしょに寿美江のマンションを訪れたことがあったので、場所はわかった。

環七通りに近いところだ。高級そうなマンションだが、築年数はだいぶ経っている。マンションの裏手は公園になっていた。

公園から三階の右端の寿美江の部屋のベランダが見える。窓が開いている。ベランダに男が現れた。煙草をくわえている。

続いて、寿美江が出てきた。やはり、寿美江は家にいた。

誰と出かけたかはわからないが、綾子が嘘をついたことは間違いなかった。誠はショックで膝が震えた。

「ただいま」

その日の夕方、綾子が帰ってきた。少し疲れたような顔がまるで情事のあとに思え、心がざわついた。心を隠し、笑顔で出迎えようとしたが、誠は出来なかった。

「いま、夕飯のしたくするわね」

誠は返事をしなかった。

「どうしたの？」

「別に」

背中を向けたまま、誠は不機嫌そうに答える。

「でも、なんだか怒っているみたい」

「そんなことないさ。どうせ、俺なんか……」

ぐっと爆発しそうになる怒りを抑えた。

「誠さん。こっちを見て」

誠は振り向いた。

「どこに誰と行ってきたんだ？」

「えっ？」

「寿美江さんといっしょだなんて嘘だろう」

「…………」

綾子は押し黙った。

「何か言いたいことがあったら言えよ」

「着替えてくるわ」

いきなり背中を向けて、彼女は寝室に向かった。

誠は全身から血の気が引いた。懸命に言い訳をしてくると思ったのだ。ほんとうは別の友達なの。あなたの知らない友達だから、あえて寿美江の名前を出しただけ、ほんとうよ、信じて。そう訴えるかと思った。

だが、彼女は言い訳しようとしなかった。

やはり、男といっしょだったんだ。

「誰なんだ?」

誠は寝室の入口に立った。

「言ってもわからないわ」

「男か」

綾子の着替えの手が止まった。が、一瞬で、すぐにセーターに腕を通す。

「なぜ、黙っているんだ?」

「落ち着いてちょうだい」

「なに」

「私の行動に頭を働かせるより、小説のほうに頭を使ったらどうなの。最近、全然書いていないじゃないの」

「それは……」

「必ず作家になる。新人賞をとるって大見得切っていたのは誰？　自分の言ったことを忘れたの？」

「いまは充電中だ」

「パチンコ行ったり、ＤＶＤばっかり見ていたり、それが充電なの？」

「なんだ、自分のやましさを隠すためにそんなことを責めるのか」

「どうしてそんなふうにしか思えないの？　いつから、あなたはそんな意気地のない人間になったの？」

「うるさい」

誠は大声を出したが、自分の声が震えているのがわかった。

誠はマンションを飛び出した。

「どこへ行くの？」

廊下に出てきて、綾子が叫んだ。

「どこへ行こうと、俺の勝手だ」

誠は怒鳴り返した。

隣室の主婦がドアから顔を出した。

誠は駅前に向かった。途中に焼鳥屋があり、そこに入った。

カウンターに座り、日本酒を頼む。

ちくしょう。胸が引き裂かれそうだ。綾子が俺を裏切っている。頭に血が上り、冷静ではいられなくなった。

日本酒を何杯も呑んだ。

大阪が懐かしかった。水掛不動さんや法善寺横丁、あの道頓堀界隈の賑《にぎ》わいが蘇《よみがえ》ってくる。

こんなはずではなかった。今ごろは賞をとり、作家としてデビューを飾っているはずだった。

無残だった。俺は書けない。この先、どうなるんだ。情けなくて不安が襲いかかった。

いくら呑んでも酔わない。

ニットやウール、カシミア生地の肌触りをふと思い出した。小説を書く、新人賞をとるという情熱が冷えたいま、自分が自分ではないようだ。

そんな誠に、綾子は愛想を尽かしたのかもしれない。

左隣の客が大声で話している。右隣の客が焼鳥を焼いている亭主に何か言っていた。

皆、生気があった。生きている。ただ、自分だけが取り残されている。冥界《めいかい》の入口に立っているような気がする。

綾子を失ったら、自分はどうして生きていけばいいのか。いや、生きてはいけない。作家になる夢を失い、この上綾子まで失って、どうして生き長らえていけるだろうか。

もう、俺は三十だ。今さら、どんな仕事につけるというんだ。

三カ月ほど前、妹の真菜に電話してみた。真菜は今は津村商会で働いているらしい。

父も母も元気だが、父は最近は体調不良を口にし、母もすっかり老け込んだようだと言っていた。

取り返しのつかないことをしたような自責の念にかられた。いっぱしの作家にさえなっていれば、父と母も俺を認めてくれただろう。

勘定を払って、店を出た。

マンションの前に来ると、男が立っていた。誠の顔を見て、あわてて去っていった。どこかで見たことがある。

あっ、と思った。以前、綾子が帰宅したあとで、外に立っていた男だ。おそらく、タクシーで送ったあと、綾子が無事に部屋に入るのを見届けていたのだろう。

今の男といっしょに旅行したのではないか。誠は動悸《どうき》がした。急に酔いがまわってきて、やっとの思いで、部屋に帰った。

綾子がドアを開けた。

「お帰りなさい」

綾子が迎え入れた。
「男がマンションの前にいた」
綾子の顔色が変わった。
誠は複雑な思いを抱えたまま、部屋に入った。

綾子との関係はぎくしゃくし始めた。お互いに当たり障りのない会話しかしない。相変わらず、綾子は男に送られて帰ってくるようだった。綾子は何も言わないが、窓から覗くといつもその男が立っていた。

三十前後の男だった。飛び出していき、問い詰めたい衝動に駆られたが、自分が惨めになるだけだ。

気の晴れない日々が続いた三月末のある日、綾子が昼過ぎに家を出ると言った。同伴出勤にしては早過ぎる。

誠は本屋に行くと言い、先にマンションを出た。

商店街を通って駅に着いた。改札に入ってから、こっそり買っておいた野球帽をかぶり、サングラスをかけた。

電車で終点の西武新宿駅まで行き、着いたホームのベンチに座った。新たに電車が到着するたびに、ホームの陰に隠れて下りてくる乗客に目をやる。

何台目かの電車から下りてきた大勢の乗客の中に、綾子を見つけた。ひとの群れに混じって、綾子のあとから改札を出る。人ごみの中に見え隠れする綾子のあとをつけ、大ガードをくぐった。綾子は姿勢よく、歩いていく。すれ違う男たちの目が綾子に注がれているのがわかる。

綾子は京王プラザホテルに入っていった。

誠は注意深く三階のロビーフロアに入る。フロントのほうに向かおうとして、はっと立ち止まった。すぐ目の前に綾子の背中が見えた。誠はあわてて身を柱の陰に隠した。綾子の前に男がいた。男と待ち合わせていたのだ。三十半ばぐらいのがっしりした体格の男だ。仕立てのよさそうなスーツを着こなしている。遣り手のビジネスマンという感じだった。

ふたりはティーラウンジのほうに向かった。マンションの下で見かける男ではないようだ。何者なのか。ふたりはティーラウンジのテーブルに落ち着いた。

時間を置いて、誠は入口近くに立った。綾子は背中を見せていて、男の顔はこっちに向いていた。綾子がどんな表情をして男と接しているのかわからない。

男はこのホテルに泊まっているのだろうか。

誠はロビーに戻った。誠の不安は、このあと、ふたりが部屋に入るのではないかということだった。

三十分ほどして再びティーラウンジに行く。まだふたりは話し合っている。

ふたりの様子を窺っていると、同じように、少し離れたところから綾子のほうを見ている男に気がついた。

三十歳ぐらいのサラリーマンふうの男だ。はっとした。あの、マンションの前に立っていた男ではないのか。

誠は近づいて、男の肩を叩いた。

男はびっくりしたように跳び上がった。

「あんたは……」

振り向いた男はあわてたようだったが、どうやら、誠を知っているようだ。

「なにしているんですか」

「いえ。別に」

うろたえている。やはり、部屋を見ていた男に違いない。

「あなたをマンションの近くでよく見かけますよ」

誠が言うと、ふうと溜め息をついて、男は話題を自分のことから逸らすように、

「綾子さんと話している相手、誰だか知っていますか」

「知っているんですか」

気になっていることなので、誠はすぐに反応した。

「元の亭主ですよ」

「元の？」

「ええ、離婚した旦那ですよ。篠崎豊」

「篠崎豊？」

誠は思い出した。

綾子が風呂に入っているとき、彼女の携帯が鳴った。携帯を見ると、篠崎豊という名前だった。

離婚した亭主と会っている。そのことが誠には衝撃だった。

誠は事情に詳しい目の前の男に不審を持った。

「あなたは誰なんですか」

「私は綾子さんが働いているクラブの常連です。綾子さんに頼まれて篠崎のことを見張っていたんですよ」

「どういうことですか」

「篠崎は綾子さんに復縁を迫っているそうなんです。待ち伏せをしたり、しつこく迫ってくるので困っている。そのことで、相談されましてね。綾子さんに頼まれて、篠崎を見張っていたんですよ」

「見張る？」

「きょうは篠崎と復縁する気はないと、はっきりと断るというので……。そうそう、あなたも早いとこ、考えたほうがいいですよ」

「考える？　何をですか」

「まあ、いろいろと」

この男はまともなことを言っているのだろうか。どうも、薄気味悪い。

「あなたのお名前を教えていただけませんか」

「私ですか。名乗るほどのものじゃありませんよ。ところで、あなたは綾子さんに好きな男がいることを知っていますか」

一瞬、血が逆流した。

「誰ですか」

「それは私の口からは申せませんね」

にやつきながら、男は言う。

「じゃあ、私はこれで」

男は逃げるように去っていった。

妙な男だ。だが、男が残した言葉が胸に突き刺さっていた。綾子に好きな男がいる。

やはり、そうだったのか。

旅行もその男と行ったのだろう。

呆然《ぼうぜん》としていると、ふたりが立ち上がった。

誠はあわてて姿を隠す。ふたりはタクシー乗り場に向かい、タクシーに乗り込んだ。

追っていく気力はなかった。


数日後、綾子が改まって声をかけた。

「お話があるの」

彼女の表情は別人のように険しく、冷たかった。不吉な予感に、誠は胸を締めつけられる。

誠はやっとの思いで彼女と向き合った。

「私たち、このままいっしょにいてもお互いのためにならないと思うの」

「別れると言うのか」

誠は昂奮して声が上擦った。

一瞬の間を置いて、彼女は頷いた。

「あなたに必要なのは私じゃないわ」

「君に必要なのは俺じゃないってことだな」

「…………」

綾子は下を向いた。

「誰なんだ？」

「えっ？」

綾子は、はっとしたように顔を上げた。

「俺と別れて誰といっしょになるんだ？」

「そんな……」

「とぼけるな。元の旦那と復縁か。それとも、いつも送ってもらうあの男か。いや、他にも男がいるらしいな」

誠は頭に血が上っていた。

「私は……」

何か言いかけたが、綾子は口をつぐんだ。

「俺に愛想が尽きたんだろう。それで、他の男のほうがよくなったんだ。そう言えばいいじゃないか。それを、あなたのためにだなんて、きれいごとを言いやがって」

「じゃあ、そう言えばいいの？」

「なに？」

「誠さん。最近のあなたは情けないわ。小説も書いていないんでしょう。はじめて会ったとき、目を輝かせて、小説の話をしてくれたでしょう。あの情熱はどこへ行ってしまったの。ちょっと叩かれたくらいでしゅんとなって。私に頼ってばかり。自分の足で立とうとしないじゃない」

綾子が静かに誠を諭した。

「この前、近所のひとの噂話を耳にしたわ。あなたのことをなんて言っていたと思うの？　ヒモよ。あなたは世間ではヒモにしか思われていないの」

誠は全身ががたがたと震えた。何か言い返そうとしたが、声が思うように出ないもどかしさに、誠は立ち上がった。

「ヒモだと。冗談じゃない」

「そんな大声を出さないで。隣に聞こえるわ」

「聞かせてやるんだ。俺はヒモなんかじゃねえ」

誠はドアに向かった。

「どうするの？」

綾子が追いかけてきた。

廊下に出て、誠は大声で叫んだ。

「俺はヒモなんかじゃない」

「やめて」

「うるさい。俺の名誉のために言っているんだ。俺はヒモじゃない」

綾子が誠の体に抱きつくようにして部屋に戻した。

その夜、寒々とした思いを抱えて悶々《もんもん》として過ごした。綾子の心はもう完全に自分から離れている。

今、綾子の周囲には三人の男がいる。元亭主の篠崎豊。それから、先日顔を合わせた男。そして、その男が話した、綾子が好きだという男。

もっとも、これらのことは顔を合わせた男が話しただけで真実かどうかわからない。その男が嘘をついているかもしれない。

だが、嘘をつく理由も考えられない。わかっていることは、綾子の心が自分から離れてしまったことだ。

たった五年で、ふたりがだめになってしまうなんて。いや、綾子が俺に失望した気持ちはよくわかる。

綾子は小説を書くことに情熱を燃やしていた自分を好いてくれていたのだ。だが、今の俺は脱け殻だ。そんな男に失望し、愛想が尽きたのだ。

誠はふと涙が滲《にじ》んできた。綾子と別れたくない。別れるくらいならいっしょに死にたい。誠に死の誘惑が迫った。だが、そんな勇気がないことは自分でもわかっていた。どうしたらいいんだと、誠は胸をかきむしった。

次の夜も、誠は部屋の真ん中でぼんやりしていた。綾子と別れたあとの自分は考えられなかった。

午前一時、そろそろ綾子が帰ってくる頃だ。誠はドアを開けて廊下に出た。ちょうど、車の停まる音がした。塀の角から白いコート姿の綾子が現れた。途中、後ろを振り返り、すぐにマンションの玄関に消えた。しばらくして、男が顔を出した。

いつものあの男だ。誠は許せなかった。

綾子をあんな男にやるつもりはない。いや、他の誰にも渡さない。綾子を失わないためには彼女を殺し、自分も死ぬしかない。

すぐに部屋に戻った。そして、台所の流しに行き、扉を開けて、包丁を手にとる。頭の中は霧がかかったような状態だった。

包丁を摑んだままドアの前に立った。

足音が近づいてくる。包丁を持つ手が震えた。ドアが開いた。包丁に気づいて、綾子が悲鳴のような声を上げた。

「誠さん。どうしたの？」

「いっしょに死のう」

誠は包丁を構えて迫った。

「やめて！」

綾子が悲鳴を上げた。

「俺はおまえを誰にも渡しはしない」

誠は怒鳴った。

「どうしたの？　しっかりして」

そのとき、いきなりドアが大きく開かれた。隣家の主婦が立っていた。

「だいじょうぶですか」

主婦が声をかけた。背後に、数人の男がいた。他の部屋からも出てきたのだ。

誠はあわてて、部屋に戻った。

「お騒がせしてすみません。ほんとうになんでもないんです」

綾子が謝っている声がした。

綾子が部屋に入ってきた。

「俺はどうかしている、俺はもうだめだ」

誠はしゃがみ込み、床に突っ伏して泣きだした。

「誠さん」

泣きながら、綾子が誠の体を抱きしめた。

四月九日、朝、起きたとき、綾子はいなかった。

携帯のメールに、用事があるので早く出かけますと残っていた。

ひょっとしたら、このままもう帰ってこないのではないか。そんな不安が過《よぎ》った。彼女の荷物はそのまま残っているが、あとで代わりの人間に取りにこさせるつもりかもしれない。

部屋にいるのが胸をかきむしりたくなるほど苦しかった。綾子との楽しい日々が蘇ってきて、あてもないのに綾子を探しにいきたい衝動に駆られた。

昼になって、ベランダの窓から射す陽光がリビングを明るく照らしている。その明るさが、かえって怒りや悲しみを増幅させた。悶絶しそうなほどやりきれなかった。部屋の中は陽射しに反して冷えきって寒い。

誠は昼食のおかずにと、ソーセージを包丁で切っていたが、胸に冷たい風が吹き込んできて、何度も手を休めた。どうしても綾子のことが気になる。

居たたまれずに、包丁を流しの横の食器かごに置きっぱなしにしたまま、誠は着替えて部屋を出た。

野方駅前からバスに乗り高円寺で下りた。友人の寿美江のところに行ったのではないかと思ったのだ。

寿美江の住んでいるマンションの前にやってきた。

三階の寿美江の部屋のインターホンを押した。

返事があった。

「津村です。すみません、綾子がお邪魔しているでしょうか」

「お待ちください」

しばらくして、ドアが開いて、寿美江が顔を出した。

「何かあったんですか。綾子、来ていませんよ。どうぞ、お入りになって」

寿美江は不審げな顔で言った。

「いえ、ここで。今朝早く出かけたので、ひょっとしてあなたのところかと思って」

「そう。どこへ行ったか、私にはわからないわ」

「そうですか。寿美江さん、教えてください。綾子に好きな男が出来たんですね」

絞り出すように、誠はきいた。

「ちょっと中に入って」

誠は三和土《たたき》に入り、扉を閉めた。

「彼女に他に男のひとがいると思っているのなら、違うわ」

「別れたがっているんです。私と別れて、その男といっしょになるつもりなんです」

「綾子はそんな女じゃない」

「でも、別れたがっている。聞いているでしょう」

「詳しいことは話してくれないけど……」

「そうですか。私は彼女と別れたくありません。別れるくらいなら、彼女を殺して自分も死にます」

「まあ」

寿美江はショックを受けたようにあわてて、

「あなたには綾子より素敵な女性が出来るわ。そんなに思い詰めないで」

「失礼します」

「あっ、待って」

誠は廊下に出た。彼女が追ってきたが、ひと足早く誠はエレベーターに乗り込んだ。

陽が沈んできた。誠は新宿に来ていた。ずっとこの界隈を彷徨《さまよ》っていたのだ。

歌舞伎町の雑踏の中を歩き回る。客引きに誘われるまま居酒屋に入り、酒を呑んだ。

居酒屋を出てから、また当てもなく歩き回る。

客引きがしつこくつきまとってくる。孤独だった。酔いが醒《さ》めるほどにひしひしと寂しさ、虚しさが募ってきた。

また、目についた呑み屋に入った。カウンターに座り、酒を頼んだ。

綾子がいなければこんな生活をくり返しそうだ。十時過ぎに、店を出た。

足がおぼつかない。どこかわからないが、小さな公園があった。水飲み場に行って水を飲む。それから朽ちかけたベンチに腰を下ろした。しばらく休んで、再び駅に向かった。

ラブホテル街を抜けた。女が声をかけてきた。振り払って駅の明かりのほうに向かった。新宿駅と反対方向に歩いてきたようだ。

新大久保の駅に出た。午前零時を過ぎていた。ＪＲで高田馬場に出て西武新宿線に乗り換えた。野方で下り、改札を出たところでよろけて転んでしまった。暗くなった商店街を抜けた。

呑みすぎたのか頭が痛い。喉も渇いた。マンションに帰る途中に小さな児童公園があった。滑り台にブランコ、ベンチ。それに、公衆トイレがあった。

公園の脇に飲料水の自動販売機がある。誠は温かいコーヒーを買い、公園の中のベンチに腰を下ろした。もう立ち上がるのも億劫だった。

しばらく、足を投げ出して座っていた。みじめだった。自分の人生が終わったような気がした。

猫が鳴きながら近寄ってきた。いつもマンションのゴミ置き場のゴミを漁っている猫に似ている。

誠の傍にやってきて、体に頭をこすりつけた。

「おまえも寂しいのか」

にゃんと鳴く。

「よし、これからおまえと暮らすか。いっしょに来るか」

にゃあ、と鳴いたのは別の猫だ。いきなり、なついていた猫は仲間の猫のほうに歩いていった。途中で、猫が振り返った。いいよ、行っておいで。誠は手を軽く振った。二匹の猫は暗がりに消えていった。元のように寒々とした空気が流れてきた。

冷静に考えれば、綾子が愛想尽かしをするのは当然だ。作家になる夢が消えたと同時に、俺は男としての意地もプライドも捨ててしまったのだ。綾子に守られていることに安住し、真剣に生きていこうとしなかった。

ヒモ以外の何者でもない。怠け者だ。そんな男に何の魅力がある。きょうまで尽くしてくれた綾子のために快く別れてやるのが自分の最後の務めかもしれない。そう思うようになった。

そうだ。そうしよう。綾子をこんな生活から解放してやろう。誠は決意した。

白い色の自転車が、公園の入口で停まった。懐中電灯を点け、制服巡査が公園に入ってきた。

足を止め、じっとこっちを見ていた。

「そこで何を？」

若い声だ。目が馴れてきて、相手の顔がわかった。二十七、八の若い巡査だ。以前にも見かけた覚えがある。

「そこで何をしているんだ？」

巡査は警戒したように、もう一度きいた。

「ちょっと酔い醒ましに」

誠は答える。

「酔い醒まし？」

「もう、行きます」

いくぶん、元気になり、誠は立ち上がった。時間を見ると、午前一時二十分になるところだ。綾子が帰ってきているかどうかわからないが、誠はマンションに戻っていった。振り返ると、巡査はまだこっちを見ていた。

部屋は真っ暗だった。やはり、帰ってきていない。鍵を差し込もうとして、ドアのノブを摑んだ。だが、差し込む前にノブが回転した。

鍵がかかっていない。出かけるとき、かけ忘れたのだろうか、と誠は首をひねった。中に入った。ふと、何か生臭いような匂いを感じた。三和土に入り、誠は板の間に上がった。足の裏にぬるっとした感触がある。

背筋に悪寒が走った。何かいつもと違うものを感じ、誠はあわてて壁のスイッチを入れた。

室内が明るくなった。真っ先に目に飛び込んだのは綾子が倒れている姿だった。

「どうした？」

あわてて、綾子を抱き起こそうとした。だが、首から血が流れている。

「綾子、どうした？　しっかりしてくれ」

体をゆさぶったが、反応はなかった。

誠は愕然《がくぜん》とした。足に何か当たった。手を伸ばして摑んだ。包丁だった。血がこびりついていた。

「綾子。誰が……」

誠はいきなり、わっと叫ぶと、綾子を抱きしめたまま泣き崩れた。

ドアチャイムが鳴った。扉もドンドンと叩いている。静かに綾子の体を下ろし、誠はドアに向かった。

チェーンを外し、ドアを開けた。パジャマ姿の数人の男女が入口に立っていた。

隣の主婦が誠の体についた血を見て、きゃあと叫び声をあげた。中年の男が三和土に入ってきて、あっと絶句した。

「救急車を。それから警察を」

言われて、隣の主婦が自分の部屋に駆け戻った。

やがて、深夜の闇を裂いて、サイレンの音が聞こえてきた。

誠は茫然としていた。鑑識の現場検証の間、誠は廊下で刑事の質問を受けた。

「詳しい状況を話していただけますか」

「帰ってきたら、妻が殺されていたんです」

誠は頭の中が混乱していた。

「あなたは、それまでどこに？」

「新宿です」

「どなたと？」

「ひとりです」

「ひとり？」

刑事は不審そうな顔をした。

「誰が殺したんですか。誰が妻を……」

誠は胸の底から込み上げた悲しみが、やがて慟哭《どうこく》となり、立っていられなくなって、くずおれた。

# 第二章　絶　望

## 1

誠が逮捕されたのは、死体発見から一日半経った四月十一日だった。前日は警察に任意で事情をきかれたが、まさか自分が犯人にされるとは思いもしなかった。

事件のあったマンションの部屋で、一昼夜慟哭し続け、明け方になって眠ったようだ。

ドアチャイムで起こされた。目は覚めたが、泣き続けて頭はぼうっとしている。胸の不快感は消えない。また、チャイムが鳴った。午前十時を過ぎたところだった。

玄関まで行き、ドアを開けた。そこに、白髪の目立つ刑事と若い長身の刑事が立っていた。

「津村誠。津村綾子殺しの容疑で逮捕状が出ている」

白髪の老練そうな刑事が冷酷な目で言った。目の前に突き出された逮捕状を理解するまで時間がかかった。

「どうしてですか」

誠はきき返した。きのうの任意の事情聴取で、事件の日のことはちゃんと説明してある。それなのに、なぜなのか。

「早く支度するんだ」

言い返しても無駄だと思い、着替えて部屋を出た。どうしてなのか理解出来ぬまま、誠は連行された。

取調室で、白髪の刑事が切り出した。

「これから、津村綾子さんが殺された事件についてききますが、あなたには黙秘権があります。言いたくなければ言わなくても構いません。わかりましたか」

誠は頷いた。

「あなたは四月十日の午前一時過ぎ、自宅マンションの部屋で妻綾子の喉と腹部を刺して殺したという容疑で捕まったんだが、このことについて何か弁解することはあるかね」

刑事は睨み付けながらきいた。

「私は殺してなんかいない。私が妻を殺すはずないじゃありませんか」

誠は机を叩いて叫んだ。

「落ち着くんだ。もう一度きく。容疑を認めるのか認めないのか」

蔑むように口許を歪《ゆが》めて、刑事が言う。

「認めませんよ」

誠は吐き捨てた。こんなところにいるわけにはいかない。司法解剖のために連れていかれた綾子が戻ってきたとき、部屋にいてやらねばならない。綾子のそばについていてやりたいのだと、誠は焦った。

「もし弁護士をつけたければつけられる。知り合いに弁護士がいれば、警察から伝えてやるが。被疑者段階で国選弁護人がつけられるが、この場合、貧困などの理由で……」

「いいです」

誠は言った。

「いいとは？」

「知り合いはいませんし、弁護士はいりません。私は綾子を殺していません。必ず、わかってもらえるはずです」

「それならそれでいい」

刑事は突き放すように言った。

「午後からゆっくり話を聞く。それまで留置場で休め」

その後、誠は指紋をとられ、顔写真を撮られ看守係に引き渡された。身体を調べられ、所持品を提出し、ベルトを抜かれて留置場に入れられた。

綾子を失った衝撃に心が砕けそうになっていた。さらに降りかかった過酷な運命に、誠は思考力を失っていた。

脳裏に血だらけの綾子の顔が焼きついている。あのとき、児童公園で時間を潰《つぶ》さなければ綾子を守れたかもしれない。その悔いがまたも襲いかかった。

綾子を殺したのは誰だ。元亭主の篠崎豊。いつも綾子を送ってきた男。そして、綾子がつきあっていた男。この三人のうちの誰かにちがいない。

いつも綾子を送ってきた三十前後の男はあの日、どうしたのか。警察の話では、綾子はひとりで帰ってきたという。

では、犯人は綾子のあとをつけてきたのだろうか。誠ははっとした。今まで、例の男は綾子を送ってきたものとばかり考えていたが、ほんとうは……。

あの男は毎夜、あの時間にあの場所で綾子の帰りを待ち伏せていたのではないか。だがあの夜は部屋に明かりはついていなかった。誰もいないと気づき、男は部屋を訪れた。

綾子は部屋に入って、誠がいないことに不審を抱いた。その直後、チャイムが鳴った。綾子は誠が帰ったと思ったに違いない。だから、ドアの向こうの人間を確かめることなく、すぐ鍵を開けた。

だが、そこに立っていたのは犯人だった。綾子は驚いて追い返そうとしたであろう。それを無視して、犯人は強引に部屋に入ってきた。

綾子は相手を非難する。かっとなった犯人は台所から包丁をとってきて夢中で彼女に襲いかかった。それに間違いないような気がした。

午後、さっきと同じ取調室に連れていかれた。小部屋の真ん中にスチール机がひとつあり、誠は窓を背に座るや、訴えた。

「刑事さん。犯人は三十ぐらいの男です。いつも、綾子が帰ってくるのを待ち伏せていた男です。きっと綾子にストーカーを働いていたに違いない」

白髪のいかつい顔の刑事は、

「そんな他人のことはいい」

と、一蹴した。

「だって、その男は綾子のストーカーだったんです。その男を調べてください」

「その男は川瀬《かわせ》勝彦《かつひこ》という男だ」

「川瀬勝彦？」

「そうだ。確かに奥さんはストーカーの被害に遭っていた」

「やっぱり、そうだったんですね」

「もちろん、我々はあらゆる捜査をしている。だから、ストーカーのことも調べた。川瀬は勤めていた不動産会社を半年前に辞めている。ところが、四月九日から十日の夜、川瀬は自分のマンションにいた」

「えっ？」

「事件の夜のアリバイがあるのだ」

刑事は顔色ひとつ変えずに言う。

「そのことに間違いないんですか」

「間違いない」

唖然としている誠に刑事は言った。

「素直に喋《しゃべ》ったらどうだ。おまえしか犯人になりうる人間はいないのだ」

「俺じゃない」

「おまえは奥さんから別れ話を持ち出されていたな。おまえは撥ねつけたが、奥さんの意志は固かった。それで、おまえは奥さんを殺して自分も死のうとした。つまり、無理心中を図ったが、自分は死ぬのが怖くなった。違うか」

「違う。俺はやっていない。ほんとうに綾子を殺したとしたら、自分も死ぬ」

「そうだ。最初はそのつもりだったんだろうが、怖くなって、死ぬことが出来なかった。そうじゃないのか」

「違う。俺じゃない。俺が綾子を殺すなんてありえない」

誠は必死に抗弁した。

「おまえは以前にも、包丁を持って奥さんに迫ったことがあったそうだな。そのときは同じマンションの住人が飛び出してきて事なきを得た。おまえたちに言い争いが絶えなかったと他の部屋の住人が証言しているのだ」

「それは……」

確かに言い争った。小説を書けないいらだちもあって、感情を爆発させた。だが、その場だけのことだ。

「あんたは、奥さんと駆け落ち同然で大阪から東京に出て来たそうだな。親の反対を押し切って結婚したあげく、このような事件を起こして、親は嘆いているだろう。第一、死んだ奥さんに申し訳ないと思うだろう。この上は、早く罪を認め、償いなさい。このままじゃ、奥さんも成仏出来まい」

「………」

誠は底無し沼でもがいているように感じた。自分がどんなに無実を訴えても、どうにもならない事態にある。何も考えられなかった。綾子がもうこの世にいないという事実を到底受け入れられなかった。

その上に、綾子を殺害した容疑が自分にかかった。

翌々日、身柄送検のため押送の警察官とともに護送バスで、誠は東京地検に連れていかれた。護送車は各警察署に寄ってきたらしく、検事の取調べを受ける被疑者たちが大勢乗っていた。

誠に外の風景を眺める余裕はなかった。きょうは綾子の葬儀の日だと思うと、やりきれなかった。

綾子の通夜と葬儀は環七通りに面したところにある野方メモリアルホールで行なわれるらしい。きのうの刑事の話では葬儀は午前十一時からだという。ここにいては綾子を送ることも出来ない。

霞が関の東京地検に着いて、被疑者たちはぞろぞろと地下の同行室に連れていかれた。窓のないコンクリートの部屋で、手錠をはめられたまま木の長椅子に座らされ、取調べの順番を待った。気弱そうな中年男の被疑者が落ち着かなげに体を小刻みに動かしていた。

午後一時になって、誠は押送の警察官に呼ばれた。長い廊下を連れられ、護送用のエレベーターで四階に上がり、いくつもの部屋が並んでいる廊下を行く。ある部屋の前で立ち止まり、押送の警察官がノックをしてドアを開けた。誠は促されて部屋に入った。

窓を背にした正面の机に、眼鏡をかけた三十半ばぐらいの女性が座っていた。絹田《きぬた》サヨリという名の女性検事だった。

その前の椅子に座らされ、手錠がはずされた。押送の警察官はドアの横の椅子に座った。

「名前と住所を言ってください」

いきなり、絹田検事がきいた。

「津村誠。中野区野方……」

綾子と過ごしたマンションの住所を口にしてまた悲しみが込み上げてきた。通夜にも葬儀にも参列出来ず、綾子との最後の別れも叶わないことが悔しかった。

「あなたは、無理心中しようとして奥さんの綾子さんを包丁で刺して殺害したということで逮捕されたわけですが、このことについて事実と違うとか、何か言いたいことはありますか」

「私は殺していません。ほんとうです」

誠は訴えた。

「事件の夜、あなたは外出していたということですね。どこへ行っていたのですか」

絹田検事は美人だが、眼鏡の奥の目は険しく、能面のように無表情だ。

「歌舞伎町の居酒屋で呑んでました」

「マンションからまっすぐ歌舞伎町に行ったのですか」

「いいえ」

「わかるように説明してください」

「あの日、朝早く、家内は家を出ました。私は気になって、家内を探しに出かけました」

「なぜ、気になったのですか」

「二、三日前、少し離れて暮らしたほうがいいと言っていたので、しばらく帰らないつもりで出かけたのではないかと思ったんです。行き先は、家内と仲のよい寿美江さんのところかと考え、そこに行きました。でも、家内はいませんでした」

誠は悲しみを堪えながら答えた。

「それから歌舞伎町に行ったのですね」

「はい」

「どうしてですか」

「誰もいないマンションに帰るのが怖かったのです」

「でも、その日だけでなく、普段もお店があるから、その時間は帰っても、綾子さんはいないはずですね」

「はい。でも、普段は必ず帰ってきます。あの日は帰ってくるかどうか不安だったのです」

「いずれにしろ、家に帰っても綾子さんはいない。だから、早く帰っても仕方ないと思ったのですね」

「はい」

「で、マンションにはどうやって帰ったのですか」

「電車で帰りました」

「何時ごろですか」

「さあ、正確な時間は覚えていませんが、野方に着いたのは十二時半過ぎだったと思います」

「ええ、午前零時四十分着の電車から下りています。駅員があなたが改札を出ていくのを覚えていました。あなたは改札を出たところでよろけて転んだそうですね」

「はい」

「駅からマンションまで歩いてどのくらいですか」

「十分ぐらいです」

「すると、午前一時までにはマンションに帰り着いたはずですね」

「ええ。あっ、いいえ、途中、喉が渇いて自動販売機で缶コーヒーを買い、児童公園のベンチで飲みました」

「どのくらい公園にいたのですか」

「まったく覚えていません。二十分だったか、三十分だったか」

誠に記憶はなかった。ただ、猫がすり寄ってきたことは鮮明に覚えている。

「綾子さんがタクシーで帰ってきたのは午前一時少し前です。あなたと帰りがほとんど同時だったのではありませんか」

「違います。私が部屋に入ったら彼女は死んでいたのです」

嗚咽《おえつ》が漏れそうになる。

「マンションの住人があなたの悲鳴に驚いて駆けつけたとき、あなたは血のついた包丁を握っていましたね。どうして包丁を持っていたのですか」

「そばに落ちていたのです。それで、無意識のうちに摑んでいました」

「なぜ、無意識のうちに摑んだのでしょうか」

「わかりません」

「あなたは、綾子さんの友人の寿美江さんのマンションに行ったとき、こう言ったそうですね。綾子とは別れない。別れるくらいなら彼女を殺して自分も死ぬと」

「………」

「言いましたか」

「はい。でも、そのときは昂奮していたので、ついそんなことを口走ってしまいました」

「本気ではなかったというのですか」

「深く考えないで言ったのです」

「しかし、あなたは包丁を持って綾子さんを殺そうとしたことがあったそうですね。マンションの住人に見られてやめたのではありませんか」

「はい」

「そのとき、あなたは綾子さんを殺して自分も死のうとした。違いますか」

「頭に血が上って、何がなんだかわからないまま、あんなことをしてしまったのです」

「事件の夜もそうだったのではありませんか」

「違います」

「あなたが包丁を持っていたのは自殺するつもりだったからではないんですか。綾子さんを殺したあと死のうとしたが、怖くなって死ねなかった」

「違います。確かに、私は彼女がいなければ生きていけない。だから、彼女を殺して自分も死のうと思いました。でも、マンションに帰ったときは、快く別れようと気持ちを切り換えていたんです。それが、この五年間尽くしてくれた彼女の愛に報いることだと思ったのです」

「でも、あの日の昼間、あなたは寿美江さんに、無理心中を匂わせているんですよ。いつ気持ちが変わったというのですか」

絹田検事は鋭く問い詰める。

「野方の駅で下りてマンションに帰る途中です。児童公園のベンチで缶コーヒーを飲んでいると、猫がなついてきて……」

こんな説明をしてもわかってもらえないと、誠は口をつぐんだ。猫を見ていて改心したなど、誰が信じてくれようか。

「どうしました？」

「缶コーヒーを飲んでいるうちに酔いも醒め、冷静になってきたんです。そのとき、憑《つ》き物《もの》が落ちたようになったのです」

「事件が起きる三十分ほど前に、別れ話を承諾する気になったというのですか」

「そうです」

「そうだという証拠はありますか」

「証拠なんてありません」

あのときの猫が証言してくれたら……。誠は無力をひしひしと感じた。いかに、今まで綾子が自分を守ってくれていたか。彼女は唯一の理解者だったのだ。

「ただ、公園にいたことを証明してくれるひとはいます」

誠は思い出した。

「誰ですか」

「おまわりさんです。自転車で公園にやってきたおまわりさんに声をかけられたんです。

何しているんだと。それをきっかけに立ち上がってマンションに帰ったのです。そのおまわりさんにきいてもらえば、私がそこにいたことはわかります。それだけではありません」

誠は勢いづいて続けた。

「私は飲んだ缶を缶入れに捨てました。その中に私の指紋のついた缶があるはずです。自動販売機のボタンにだって私の指紋が……」

絹田検事の冷たい目と合って、誠はあとの言葉を呑んだ。

「警察の調べでは缶は回収されたあとだったそうです。自動販売機のボタンからははっきりした指紋は採取出来なかったということです。あとから、別のひとが利用していますからね。仮に、あなたの指紋が残っていたとしても、いつついたものか特定は出来ません」

検事の声を最後まで聞いていなかった。

誠は顔を上げた。葬儀は午前十一時からだ。もう出棺も済み、火葬場に向かったのだろうか。今ごろ茶毘《だび》に付されているかもしれない。

「もう、綾子の体は骨になったんでしょうか」

呟いた瞬間、涙が込み上げてきた。うっと呻《うめ》き、あわてて口を手で押さえ、嗚咽を堪えた。

「あなたは取り返しのつかないことをしてしまったのです。綾子さんの冥福を祈るためにも素直に自供してください」

「私はやっていません。綾子を殺した犯人は他にいるんです。そいつを探してください」

誠は泣きながら訴えたが、理解されないことは自分でもわかっていた。

検事の取調べが終わり、地下の同行室に戻った。そこで、被疑者全員の取調べが済むのを待って、五時過ぎに再び護送バスで各警察署をまわりながら、誠は野方中央署に戻ってきた。

翌日は護送バスで地裁に連れていかれ、裁判官に勾留質問を受けた。質問は簡単に終わり、十日間の勾留が決定した。

その翌日は朝から刑事の取調べがあった。

先日のいかつい顔の刑事がきいた。

「包丁はいつもどこに置いてあるんだ？」

「流しの下の扉の内側にかけてあります」

誠は答える。

「おまえ以外に犯人がいたとしよう。その犯人は奥さんを殺すために流しの下の扉を開けて包丁をとったというのか」

「包丁？」

誠は小首を傾《かし》げた。

そういえば、あの日の朝……。記憶を手繰る。

綾子が外出したあと、誠は包丁を出したような気がする。いや、確かに出した。昼の支度でソーセージを切っていた。

だが、綾子のことに気持ちが向かい、包丁を握ったまま、死ぬことを考えていた。綾子がこのまま帰ってこないような気がした。

綾子に会いたい。もう一度彼女に翻意を促したい。寿美江のところに行ったのかもしれない。そう思うと、居ても立ってもいられなくなった。すぐに彼女に会いにいこうとした。

包丁を仕舞った記憶がない。ひょっとして、流しの食器かごに置きっぱなしにしたかもしれない。

誠は愕然とした。食器かごにあった包丁をとっさに犯人は摑んだのだ。そのために、綾子は命を落とすはめになった。

「包丁は私がその日の昼、食器かごに出しっぱなしにしていました」

「なぜだ？」

説明しても刑事がわかってくれるとは思えなかった。それに出し放しにしておいたせいで、その夜、誠が発作的に食器かごの包丁を摑んで刺したという解釈も成り立つ。

「どうして食器かごに置いたのだ？」

「わかりません」

ふんと、刑事が鼻で笑ったような気がした。

「いい加減に、ほんとうのことを言ったらどうなんだ？」

「ほんとうにやっていないんです」

誠は小さな声で言った。

「いいか。彼女に好意を寄せている客のこともすべて調べた。みな、アリバイがあった。あの夜、誰もあのマンションに近づいた者はいないんだ」

そんなはずはない。誠が帰宅する直前に、誰かが部屋に押し入ったのだ。警察が見落としている人間がいるのではないか。

ひょっとして、あのマンションの住人の中に……。誠はそのことを口にした。

「あのマンションにひとりで住んでいる独身の男はいなかった。夫婦者と女性のひとり暮しばかりだ。すべての住人に聞き込みをしたが、誰ひとり怪しい人間はいなかった。ついでに言ってやろう。あの付近に、空き巣や変質者がいるという情報もない」

刑事は諭すように続けた。

「なあ、素直に喋ったらどうだ？」

「私はやっていないんです」

「きのう、妹さんがわざわざ大阪からやってきたそうじゃないか。おまえに会いたがっていたぞ」

「………」

妹の真菜が下着やワイシャツを差し入れしてくれた。容疑を否認しているからか、面会も出来なかった。

妹は弁護士をつけると言っていたそうだが、誠は断った。高い弁護費用を妹に出させるわけにはいかない。ただ、真菜の気持ちは有り難かった。

「素直に喋れば面会も許される。お母さんも心配しているそうだ。早く、喋って楽になったらどうだ」

（母さん）

母には心配ばかりかけた。母のことを思うと、胸が痛んだ。

「いいか。おまえは奥さんを殺して自分も死ぬつもりだった。だが、死に切れなかった。そうだろう。それは仕方ない。誰だって死ぬのは怖い。だが、奥さんだけ死んで、おまえがのうのうとしてちゃ、単にひと殺しになってしまう。おまえは奥さんが憎かったわけじゃないんだ。好きだから殺したんだ。だったら、素直にそう言うんだ。そして、罪を償う。それが奥さんに対しての罪滅ぼしではないのか」

誠はうなだれた。何を言っても、だめなのかもしれない。

毎晩、綾子が夢に出てきた。何か言っている。口の動きで何を言っているのか知ろうとしたがわからなかった。

綾子のところに行きたい。このような結果になったのも、すべて自分が悪いのだ。小説も書けなくなり、鬱々とした気分で腑抜けた暮しを送ってきた。綾子の稼ぎに頼り、自分は家でぶらぶらし、たまにパチンコに行く。ストーリーを考えていたというのは言い訳でしかなかった。

そんな男といっしょにいても先が見えない。綾子とてだんだん気が滅入ってくるのは当然だ。

綾子もだんだん歳をとっていく。いくら美貌があっても、ホステスとして若い女には敵《かな》わなくなる時が当然やってくる。いっしょにいる男に愛想を尽かして当然だ。男と別れ、やり直す。そう決心しても、誰が綾子を責められよう。すべて悪いのは俺だ。

俺に甲斐性があれば、綾子をそこまで追い詰めることはなかった。

綾子を失うかもしれないと狼狽《ろうばい》し、ふて腐れ、歌舞伎町でやけ酒を呑み、マンションの部屋を空けた。

もし、いつものように部屋にいたら、こんな悲劇は防げたのだ。また、あの日包丁を出しっぱなしにしていなければ……。

俺の小胆さが、綾子を殺したのだ。

自分に生きている資格はない。仮に、この事件で無罪になっても、綾子のいない世界では生きていけない。また、生きていたいとも思わない。

毎日、朝早くから夜遅くまで取調べを受け、ときたま地検に送られて、検事の取調べを受ける。同じことを何度もきかれ、誠の言い分はまったく聞き入れてもらえない。誠を犯人と決めつけている。

もう、疲れた。これ以上、否認を続けても無駄だ。


翌日、いつものように朝六時半に起床し、部屋とトイレの掃除をし、七時に朝食をとった。ご飯に味噌汁《みそしる》、フリカケに沢庵だけだが、残さずに食べた。

八時から九時まで、屋上に出た。運動の時間だ。梅雨の晴れ間で、陽光が降り注いでいた。

独房に戻ってしばらくして、担当の看守係が呼びにきた。今朝、担当を通して取調べの刑事に話したいことがあると伝えてもらっていた。

誠は留置係から刑事課の人間に引き渡され、取調室に向かった。

取調室では、いつもの刑事が少し昂奮した様子で待っていた。何かを期待している顔つきだった。

誠は向かい側に腰を下ろした。

「話があるそうだな」

刑事が促した。

「はい。長い間、ご面倒をおかけしました。ほんとうのことを申し上げます」

誠ははっきりと口にした。

「私が殺しました」

一転して犯行を認めた誠に、刑事のほうがかえって警戒した。

「津村綾子を包丁で刺したことを認めるのか」

少し上擦った声できく。

「はい。包丁で刺しました」

「どこを刺した？」

「喉と胸です」

「胸ではないだろう？」

「腹でした」

胸でなければ腹だ。喉を刺されたことは、これまでの尋問で何度も出ていた。

「なぜ、殺したのだ？」

刑事はきいた。

「彼女から別れ話を切り出されました。別れるくらいなら、いっしょに死ぬほうがいいと思って刺しました。すぐあとを追うつもりでしたが、急に怖くなって」

誠は刑事から毎日のように聞かされていたストーリーをそのまま口にした。

「なぜ現場から逃げようとしなかったのか」

「彼女を刺したというショックで足が動きませんでした」

「犯行は以前から考えていたのか」

「三月初めごろ、彼女が男と一泊旅行に行ったのです。それから、心の奥にそんな思いが生まれたのかもしれません」

誠は問われるまま、答えた。犯行についてはさんざん話を聞かされていたので、たいした矛盾もなく、すらすら答えられた。

「よく話した。これで、奥さんも少しは浮かばれよう」

浮かばれないと、誠は反論したかった。

真犯人はわからずじまいになってしまうからだ。どこかで真犯人が北叟笑《ほくそえ》んでいるかと思うと、五体を引きちぎられるような苦痛を感じた。

だが、いくら訴えても警察は誠の話を信じようとしない。これも、すべて自分のせいなのだ。

マンションの住人は、女に働かせて家でぶらぶらしている怠け者の男と、軽蔑の眼差しを向けていたに違いない。

逆上して包丁を持って綾子に迫ったこともある。それを見ていた住人が、誠の犯行と考えるのは当然だ。

自業自得だ。いまの自分が置かれた状況はすべて自分に責任がある。綾子はその犠牲になったのだ。

刑事は、誠が問われるままに答えた内容を、誠がひとりで語ったように補助の取調官に書き取らせた。

そして、供述調書を読み聞かせ、署名指印するように言った。

誠は署名指印をした。刑事の満足そうな顔が不快だった。

2

起訴されて、被疑者から被告人になった誠は東京拘置所に移された。

裁判になれば、刑事事件の被告人には弁護人がつかなくてはならない。誠は国選弁護人を頼むつもりだった。

弁護士会の国選弁護人の名簿順に割り当てられるという。どういう弁護士に決まるかわからない。国選弁護人へ国から支給される弁護料は安いので、どこまで熱心に弁護をしてくれるかわからない。

ようするに国選弁護人に過度の期待は出来ないらしい。誠はそれでも構わなかった。いや、そのほうがよかった。自分は罪をかぶる気でいる。形式的に弁護士がついてくれればいいのだ。

裁判より前に、誠は自分自身に有罪を宣告したのだ。

拘置所でも毎朝、毎夜、壁に向かって綾子の冥福を祈った。静かに考える時間が欲しいので独居房を希望したのが受け入れられたのだ。

一日のほとんどの時間、綾子のことを考えていた。真犯人を捕まえてやれないことに悔いは残るが、すべての責任は自分にあるのだ。

ときとして大阪時代の楽しい思い出が蘇ることもあった。

川を遊覧する船に乗ったとき、綾子は子どものようにはしゃいでいた。土佐堀川を淀屋橋港から難波橋、天神橋、そして天満橋をくぐって大川に入り、桜之宮公園付近から引き返し、そして大阪城港へと向かった。

川から大阪の町を眺めるのは、綾子にはとても新鮮だったらしい。

楽しい思い出なのに、また涙が溢れてきた。綾子は誠の猛アプローチに、五つも年上のバツイチ女のどこがいいのと、困惑した顔をしていた。彼女の気持ちが大きく動いたのは水掛不動にお参りをしたあとに寄った『夫婦善哉』の店だ。

ふたつの椀に盛られた善哉を食べた。これをいっしょに食べたふたりは夫婦になれるらしいと言ったとき、綾子の頬が紅く染まった気がした。

涙が膝に落ちた。ごめんよ、綾子。守ってやれなくて。早く、そっちに行きたい。そっちの世界でふたりでまた暮らそう。誠は呼びかけた。

妹の真菜が面会に来た。誠に面会に来る人間は妹しかいない。

アクリルボードの仕切り越しに、五年ぶりで妹と会った。

「久し振りやな。いろいろ迷惑かけてすまんかった」

誠が涙ぐんだのは、真菜の目尻が濡れていたからだ。

「私のことは気にせんといて。兄さん、体のほうはだいじょうぶ？」

「ああ、だいじょうぶや」

「少し痩せたみたいね」

少しどころではない。鏡で見た顔は頬は削《そ》げ、げっそりしていたが、真菜はあえてそういう言い方をしたのだろう。

看守が立ち会っているので事件のことは話せない。

「綾子さんのお墓参りに行ってきたわ」

「そうか。すまん」

綾子の遺骨は、大阪の両親が眠る墓に埋葬されたと聞いた。葬儀に出席した親戚が遺骨を大阪に持っていったのだという。

誠は改めて、自分たちがいかに世間を狭くして生きてきたのかを知った。誠は綾子の親戚にも会ったことはなかった。

「もし、俺が死んだら、いっしょの墓に入れてもらいたかったけど、無理やな」

誠ははかなく笑った。

「何を言うの。兄さん、あほなこと考えたらあかんよ」

真菜が真剣な眼差しで言った。

「だいじょうぶや」

「いい。死んだら何にもならへんわ」

「だいじょうぶやって」

誠はふと真顔になってきいた。

「父さんはどうしてる？」

「がむしゃらに仕事をしてるわ。母さんもしっかりしてるわ」

「俺のことで、困ったことになってないか」

「だいじょうぶよ」

真菜は少し、表情を曇らせた。

「何かあるのか」

「たいしたことではないわ」

「俺のことで何か言われてるんか。ひょっとして、商売にも影響が？」

「兄さんのせいやないわ。ここんとこ、景気が悪かったから。でも、これからは上向きになるから心配ないって言うてるわ」

ひと殺しの息子がいる問屋とつきあいたくないという業者が出てきているのかもしれない。

自分と綾子だけの問題ではないのだと、誠は改めて気づいた。

「すまない」

誠は頭を下げた。

「だいじょうぶよ」

「真菜、結婚は？」

「まだ、その気ないもの」

「つきあっていた男性がいたんやないのか」

「兄さんが知っている彼のことなら五年前に別れたわ」

「そうか。でも、今はどうなんや？」

「今は自分のやりたいことに精を出してるから」

「まさか、俺のことで何か支障が？」

「違うわ」

真菜は否定したが、真菜の恋人は殺人者の兄がいることで結婚をためらっているのかもしれない。真菜は自分が東京に出たあと、留学をせず、津村商会を手伝っていたという。

「真菜。許してくれ。五年前、おまえの言うことを聞いていれば、こんなことにはならんかった。だが、俺には彼女しかいなかったんや」

「兄さん。わかっているわ。綾子さんが兄さんにとってどんなに大事なひとだったか……。それより、兄さん。何か差し入れてほしいものある？」

「いや、特にない」

「そろそろ時間みたいね。また来るわ」

「すまなかった。でも無理するな」

「だいじょうぶよ。弁護士の先生が決まったら教えて。私もご挨拶しておきたいから」

「わかった。いつ帰るんや？」

「夕方の新幹線」

「日帰りで来てくれたんか。わるかったな」

真菜には、無実だということをわかってもらいたかった。いや、父と母にもわかってもらいたいと思った。

「真菜。俺を信じてくれ。俺は……」

「なに？」

真菜が先を促す。

「いや、ええんや。そのうち、手紙を書くから」

「手紙？」

「うん」

「わかったわ」

誠は立ち上がった。

「きょうはありがとう。兄らしいことを何もしてやれずに申し訳ないと思うてる」

「そんなことないわ。兄さん、小さい頃から優しかったわよ」

「………」

返す言葉が見つからなかった。

誠は看守に促され、面会室を出た。

数日後、選任された国選弁護人が接見に来た。

接見室に行くと、ちんまりとした青白い顔で、やや長髪の男が椅子から立ち上がった。胸にひまわりのバッジがついていたのでようやく弁護士とわかる。

「今回、あなたの弁護をやらせていただくことになりました鶴見京介《つるみきようすけ》です」

どんな弁護士が来るのだろうと思っていたが、頼りなさそうな弁護士だった。かえって、誠には都合がよかった。弁護士として基本的なことだけをしてもらえればいいのだ。あとは、妹への伝言をちゃんとやってもらえればいい。

「これから弁護をやらせていただくにあたり、事件についていろいろお訊《たず》ねしたいと思います」

鶴見弁護士は気弱そうな目を向ける。

「どうぞ」

「あなたは、奥さんの綾子さんを殺したということですが、間違いないのですね」

妹、そして父や母には、自分はひと殺しではないことをわかってもらいたい。だから、そのことを妹に伝えてもらいたいが、初対面ではどういう人間かわからない。誠は本心を隠した。

「間違いありません」

「わかりました」

鶴見弁護士は素直に受けとめた。

「ところで、最初は否認していたそうですね。どうしてなんですか」

遠慮がちなききかただった。

「自分が綾子を殺した事実を認めたくなかったんです。でも、日が経つにつれ、良心の呵責《かしやく》に耐えられなくなってきたんです」

他人事《ひとごと》のように答える。

「なるほど」

鶴見は大きく頷いた。

「ちょっと確認しておきたいのですが、事件の夜、あなたがマンションに帰ったのは何時ごろでしたか」

相変わらず気弱そうな目を向けた。

「午前一時ごろです」

「そのとき、奥さんは帰っていたのですね」

「ええ」

「でも、ほとんど時間差はありませんよね。奥さんはまだ外出着のままでしたからね」

「………」

「奥さんが部屋に入って、間もなくあなたが帰ってきた。そのとき、鍵はあなたが開けたのですか、それとも開いていた？」

「開いていました」

あの夜のことは思い出したくない。つい不機嫌になって声が乱暴になった。鶴見はちょっと目を丸くした。

だが、すぐ気を取り直したように質問を続ける。

「すると、奥さんは自分で鍵を開けて部屋に入ったあと、施錠しなかったということですね」

「私が帰ってくると思って鍵をかけなかったのでしょう」

早く話を打ち切りたいという気持ちを見てとったのか、鶴見は、

「すみません。辛いことを思い出させて」

と、謝った。

「もし、そのとき鍵がかかっていたら、あなたはどうしました？」

「自分の鍵を使って入ります」

「そのときは、鍵を差し込もうとドアノブを摑んだら、すぐドアノブが回転したのですね」

「そうです」

「部屋の明かりは？」

「点《つ》いてました」

　誠は嘘をついた。あのとき、部屋の明かりは消えていた。それなのに、鍵はかかっていなかったのだ。

「で、部屋に入ってすぐに、別れ話になったのですか」

「そうです。どこに行っていたんだときいたら、もう他人になるのだから、どこに行ったかいちいち言う必要はないって言われてかっとなったんです」

　このやりとりも取調べで刑事が言っていたことだ。奥さんから、他人になるのだから、いちいち答える必要はないとでも言われたんじゃないのか。それで、かっとなった。どうなんだ、と刑事は言った。

「それで、包丁を摑んだというわけですね」

「ええ」

　綾子の無残な姿を思い出し、息苦しくなって顔を歪めた。

「だいじょうぶですか」

「ええ、なんでもありません」

「すみません。もうすぐ終わりますから。あなたは、包丁を持ってまず奥さんの喉を刺したということでしたね」

「そうです」

「なぜ、喉を？」

「わかりません。夢中だったので。たまたま喉に刃先が向いてしまったのかも……。先生、なぜ、そんなことをきくんですか」

たまらなくなって、とうとう誠は問い返した。

「あなたは無理心中を図ったということですよね。だったら、相手の心臓を狙うんじゃないかと思ったんですよ。喉を狙ったのはなんだか憎しみが感じられるような気がしたもので。これはあくまでも個人的な感想に過ぎませんけど」

誠は、一見頼りなさそうな弁護士が核心をついてくることに驚いた。

「で、刺したあと、あなたは怖くなったということでしたね」

「そうです」

「悲鳴を上げたのは誰ですか」

「えっ？」

「隣室の住人が、悲鳴を聞いて驚いて駆けつけたんですよね。他の部屋の住人も飛び出してきて、あなたの部屋のドアを叩いた。そうですね」

「ええ」

「その悲鳴は、奥さんが上げたのですか」

「いえ」

「あなたですよね」

「ええ」

「住人も男の悲鳴だったと言っています。あっ、国選弁護人に決まったあと、検察庁に行って事件資料をもらってきました。隣家の主婦の供述調書に、男の悲鳴を聞いたと書かれていました」

鶴見は説明してから、きいた。

「あなたは、なぜ悲鳴を上げたのですか」

「自分のやったことが怖くなったんです」

「自分で殺しておいて、怖くなって悲鳴を上げたというのですか」

鶴見の目が鈍く光ったように感じた。

「そうです」

「もし、悲鳴を上げなければ、マンションの住人が駆けつけることはなかったんですよね。そしたら、犯行はすぐにはばれなかったはずです」

「そんなこと考えませんでした」

「そうですか」

「何か変ですか」

「いえ。変ではないんですが……」

鶴見は小首を傾げて、

「あなたたちは大阪から駆け落ち同然のように出てきて、五年間、ふたりで暮らしてきたんですよね。ところが、奥さんから別れ話が持ち出された。あなたは奥さんがいなければ生きていけない。だから、奥さんを殺して自分も死のうとした……。あなたの供述調書からは、あなたがどれほど奥さんを愛していたのかがわかります」

いったい、この弁護士は何を言いたいのだろう。誠は腹立たしくなった。早くひとりになり、ゆっくり綾子との思い出に浸りたいのだ。

「私がわからないのは、あなたがどうして悲鳴を上げたかなのです」

「それはさっきも言ったように……」

「ええ。結果の重大さに驚愕したということでしたね。確かに、そのことはわかるのです。でも、いっしょに死のうとした相手じゃありませんか。だとしたら、どうして死体をベッドに寝かせてあげなかったのか、そのことがわからないのです」

「………」

「あなたは奥さんを愛していた。愛する女を殺した。でも、自分は怖くなって死ねない。だとしたら、奥さんを無残な姿を晒したままにせず、ベッドに運んであげて……」

誠は唖然とした。恐ろしい弁護士だと思った。

「あなたが悲鳴を上げたため、住人が駆けつけた。そして、あなたは血まみれの包丁を持ったままドアを開けた。そういうことですね」

「そうです」

この弁護士は何か知っているのか。

「それから警察がやってきた。あなたは、奥さんが殺されたと叫んでいたそうですね」

「ええ」

「そして、逮捕されても、最初は否認した。否認をするなら、もっとうまく取り繕うことが出来たはずです。まず、包丁は手にせず」

「先生。あのときの私は混乱していて自分がどんな行動をとったのか、まったくわからない状態だったのです。ですから、あとから不自然と思えるような行動があったとしても、私には説明することは出来ません」

誠はつい反抗するように言った。

「ごもっともです」

鶴見は素直に頷いた。

「ただ、私は事件資料を何度も読み返して、ちょっと気になったことがありましてね」

「資料を何度も？」

意外だった。国選弁護人の中にも熱心な弁護士がいるものだ。しかし、誠には迷惑なことだった。

「ええ。何度か読み返していくと、ふと気になることがみつかったのです。じつは、隣室の住人須崎陽子《すざきようこ》さんの供述調書に、トイレに立ったとき、隣の津村さんの家のチャイムが鳴ったのを聞いたとあるんです。時間は午前一時です。ちょうど、あなたが帰った時間です。あなたの供述調書では自分でドアを開けたとなっています。このチャイムの音はなんだったのでしょうか」

それこそ真犯人が鳴らしたのだ。しかし、真実は藪《やぶ》の中だ。それにしても、警察も気にしなかったチャイムの件を、この弁護士が指摘したことに少なからず驚いた。

「もしかしたら、私が押したのかもしれません。部屋の明かりが点いていたので、妻が帰っていることがわかりましたから」

誠はなんとかごまかした。

「そうですか。そうですよね。開けてもらえばいいのですからね。でも、どうして、すぐドアを開けたのですか」

「ドアノブがまわったので、自分で開けたのです」

「なるほど。そういうことでしたか」

鶴見はひとりで納得している。

「最後に確認ですが、検面調書、すなわち検事の取調べの調書で、あなたは野方駅からマンションに帰る途中、喉が渇いて自動販売機で缶コーヒーを買って、児童公園のベンチに腰を下ろして飲んだと供述しているんです。これは事実ではなかったのですか」

「違います」

「確かに改札を出て、まっすぐ帰れば午前一時ごろにマンションに着きます。ところが、自動販売機で缶コーヒーを買って二、三十分も時間を潰せば、帰り着く時間は午前一時半ごろ。ちょうど、あなたが悲鳴を上げた時刻と重なるんです」

「………」

「なぜ、あなたはこんな作り話を検事さんにしたのですか」

「それは、自分の疑いを逸らそうとして」

「そうでしたね。あなたは、最初は犯行を否認していたのでしたね。だから、そこで時間を潰したことにした。でも、あなたは、その話をあとで撤回している。もし、アリバイのために持ち出したのなら、どうしてもう少しましな言い逃れを考えなかったのでしょうか。誰が聞いても、おかしいと思うような言い訳ではありませんか。だって、マンションまで僅かな距離なのに、いくら喉が渇いたからといって……」

「とっさに思いついたことを言っただけなんです。だから、すぐ嘘だとばれてしまったんです」

「そうですか。でも、不思議ですよね。もし、自動販売機で缶コーヒーを買ったという話が事実だとすると、さっきもいったように、マンションに着くのは午前一時半ごろになり、あなたが悲鳴を上げた時刻と一致するんです」

「…………」

「すみません。弁護をする上で、どうしても気になることは確かめておきたいもので。もうひとつ確認させてください」

鶴見は最初の印象と違い、執拗《しつよう》なほど強引に迫ってきた。

「奥さんがマンションに帰ってきたのは午前一時少し前。あなたがマンションに帰ったのは午前一時。そして、住人があなたの悲鳴を聞いたのが午前一時半。つまり、あなたと奥さんは三十分ぐらい言い合いをしていたことになりますね」

「途中、口をきかなくなりましたから」

「黙って睨み合っていたということですか」

「そうです」

「時間にしてどのくらいですか」

「十分か十五分くらいでしたか」

「その間、どうして、あなたと奥さんは着替えなかったのですか。外出着のままですよね」

「それは……」

誠は言葉に詰まった。

「着替える気持ちの余裕がなかったんです」

やっと誠は、答えた。

「すみません。少し疲れたので」

「あっ、すみません。辛いことを思い出させてしまって」

鶴見はあわてたように、付け足した。

「津村さん。今私が話した疑問点を、あなたももう一度考えてみていただけませんか。何か思い出すことがあるかもしれませんから」

「先生」

誠は反論するように言った。

「そのことが何か関係あるのですか。私は罪を認めました。争うつもりはないんです」

「罪を認めても、弁護人として情状酌量を求めて闘うことになります。あなたにやむを得ない事情があれば、そのことを訴えるのが弁護人の役目ですからね」

「先生。私の望みは早く刑に服することだけなんです」

誠ははっきりと主張した。

「あなたは潔《いさぎよ》いお方です。そのことには敬服いたしますが、私は真実を知りたいんです。真実を明らかにすることが弁護人である私の使命だと思っています」

「………」

「この話はまた次回にしたいと思います。ところで、あなたのご家族は大阪なのですか」

「ええ。先日、妹が面会に来てくれました」

「そうですか。妹さんかどなたかに何か言伝てがあれば聞いておきますが」

「妹に連絡していただけますか。真菜と言います。弁護人が決まったら教えて欲しいと言っていたので」

「わかりました。連絡しておきます」

「では」

誠は立ち上がった。

「また来ます」

鶴見も立ち上がった。

誠は看守を呼び、接見室を出た。

あの弁護士は、俺の自供を疑っているようだ。供述書を読んだだけであそこまで見抜くとは……。

いや、供述書を何度も読み返したと言っていた。国選弁護人なのになぜそこまでするのだろうか。

自分に有罪を宣言した今、弁護は不要だ。情状酌量も意味がない。法的に罪を免れたり、減刑されたとしても、綾子を不幸にした罪は消えないのだ。

ただ、両親や真菜には自分が無実であることを伝えたい。しかし、鶴見弁護士には頼めない。もし、殺していないと言ったら、あの弁護士は裁判で無罪を主張するだろう。

綾子を殺したのは津村誠か否かを裁判で争うことには耐えられない。綾子の無残な姿が法廷で執拗に露《あらわ》にされる。そんなことはさせない。

独居房に戻ると、担当に頼んでおいた便箋とボールペンが届いていた。遺書を書くつもりだった。

3

拘置所で津村誠と接見した翌日の午後、鶴見京介は西武新宿線の野方駅から商店街を抜けて、事件があった『宝マンション』に向かった。

京介は東京の大学の法学部に入り、弁護士を目指した。そして、大学四年のときに司法試験に合格し、大学を卒業後に二年間の司法修習を修了し、現在は虎ノ門にある柏田《かしわだ》四郎《しろう》法律事務所で居候弁護士をしている。

商店街を抜けて、コンビニの角を曲がり、しばらく行くと児童公園が現れ、その脇に自動販売機があった。

深夜ならこの明かりが目につくだろう。京介は販売機の前に立った。逮捕された当初、津村誠は駅からまっすぐマンションに帰らず、ここで缶コーヒーを買い、公園のベンチで二、三十分過ごしたと供述した。

その供述通りなら、マンションの部屋に帰り着いたのは午前一時半ごろになる。まっすぐ帰ったら、午前一時にはマンションに着いていただろう。

京介はマンションに向かった。

津村誠、綾子夫妻の部屋は二階の二〇一号室。京介は隣室の二〇二号室の須崎陽子を訪ねた。

マンションというよりアパートのようだ。

インターホンを押す。

すぐに応答があり、京介は答える。

「先ほどお電話を差し上げました弁護士の鶴見と申します」

弁護士を騙《かた》って詐欺を働く者もいるため、京介は事前に電話で申し入れをする際に日弁連に電話して確認をとってもらうようにしていたが、相手の手間を考えると申し訳ない。それで、日弁連に身分証明書を発行してもらい、それを携帯している。弁護士バッジでは弁護士に縁のない人間にはわからない。

「待って」

すぐにドアが開いて、五十過ぎと思える小肥りの女が出てきた。

「あら、あなた、弁護士さん？」

疑ぐり深そうにきいた。

「はい。弁護士の鶴見京介です。これが身分証明書で……」

「いいわよ。そんなもの。どうぞ入って」

「失礼します」

協力的でありがたいが、好奇心が旺盛で、お喋り好きかもしれない。その点は注意しなければいけないと戒めた。

入口は四畳半ほどの広さのダイニングキッチンで、四人掛けのテーブルがあった。

「どうぞ」

京介は椅子に腰を下ろした。

「コーヒー、飲むでしょう？」

「いえ、お構いなく」

「私が飲みたいの」

どうやら恰好《かっこう》の話し相手が来たと思われたのではないかと、京介は苦笑するしかなかった。

コーヒーが目の前に置かれてようやく話をすることが出来た。先に切り出したのは須崎陽子のほうだった。

「津村さん、どんな様子なんです？」

「毎日、奥さんの冥福を祈って過ごしているようです」

「そりゃ、そうでしょうね」

元気だといえば、奥さんを殺しておいて元気だなんて許せないとなるかもしれないし、消沈しているといえば、良心が疼《うず》いているんでしょうとなるかもしれない。

京介は話を進めた。

「警察からもさんざんきかれたと思いますが」

そう前置きしてから、

「普段の津村さん夫婦はどんな印象でしたか」

「旦那はひと言でいえばヒモですからね。奥さんに夜働かせて、自分は家でぶらぶらしている。根っからの怠け者なんでしょうね。あれじゃ、奥さんが可哀そうですよ」

「夫婦仲はどうだったのでしょうか」

「最初の頃は仲がよかったようですけど、だんだん悪くなっていったみたいですね。奥さんに男が出来たみたいですから」

彼女がコーヒーをすする。

「奥さんに男の影があったのですか」

「ええ。ときたま男といっしょに帰ってきましたよ。旦那がいるので男はマンションの前で見送っていましたけど」

「あなたは、その男と奥さんがいっしょにいるところを見たのですか」

「いっしょにいるところは見てないけど、奥さんを見送っている姿は見ました」

「どんな男でしたか」

「さあ、三十前後かしら。暗がりなので、顔は見てませんけど」

「そうですか。で、津村夫妻が言い争うところも見ているんですね」

「ええ、一度なんて、旦那が包丁を持って奥さんを追いかけていました。おまえを殺して俺も死ぬんだと喚《わめ》いていました。私たちが飛び出していかなければ、あのとき奥さんを刺していたかもしれませんよ」

「それはいつごろのことですか」

「事件が起きる二週間ぐらい前だったかしら」

「そんな騒ぎがあったのに、ふたりはまだいっしょに暮らしていたのですね」

「そうですね」

「どうしてだと思いますか」

「さあ」

「ほんとうに身の危険を感じたなら、奥さんは逃げ出したとは思いませんか。それがそのあともいっしょに住んでいたのは、奥さんも津村さんが本気だとは思っていなかったからではないんですか」

「どうかしら。現に殺してしまっているんですよ」

彼女は顔をしかめる。

「事件の夜ですが」

京介が切り出すと、

「コーヒー、冷めてしまいますよ」

と、彼女が口をはさんだ。

「ああ、いただきます」

京介はコーヒーをすすってから、

「あなたは、トイレに立った午前一時ごろ、津村さんの部屋のドアチャイムが鳴るのを聞いたそうですね」

「ええ、聞きました」

「間違いありませんか」

「間違いありません。深夜だからよく聞こえました。主人も気がついて、今ごろ客かと、驚いていましたから」

「ご主人も聞いているのですね」

「ええ。そうよ」

「午前一時に間違いありませんか」

「ええ、時計を見たから確かよ」

「時計が狂っているというようなことは？」

「ないわ。それにちょうどそのとき、携帯のメール着信の明かりが点滅しているのに気づいて携帯を開いたの。友達からメールが来ていたのに気づかなかったのね。それで、すぐ返信したの。時間は一時五分だったわ。なんなら、携帯のメールを見ますか」

言いながら、彼女は携帯を操作しはじめた。

「これよ」

京介は画面を見て、送信日時を確かめた。

「ありがとうございました」

京介は携帯を返した。

やはり、午前一時ごろ、ドアチャイムが鳴った。それより少し前に、綾子は帰宅している。

「あなたは午前一時過ぎに、津村さんの部屋で何か騒ぎを聞きませんでしたか」

「ええ、抑えた声でしたけど、言い争うような声を聞きました。また、夫婦で言い争っているのだろうと思いました」

「争っているような声を聞いたのですね」

「ええ」

「それから一時半ごろになって、男の悲鳴を聞いたのですね」

「そうです」

「言い争う声を聞いてから、十分から二十分ぐらい経っていますね」

「そうですね」

「その間は静かだったのですか」

「ええ、しーんとしていました」

「その頃、廊下に足音を聞きませんでしたか」

「さあ。仮に誰かが通ったとしても、深夜はみなさん静かに歩きますから」

「なるほど。それで、あなたは悲鳴を聞いてすぐに廊下に出たのですね」

「そうです。主人も驚いて飛び起きましたから。他の部屋の方も飛び出してきました。津村さんの部屋のドアを叩いたら、いきなりドアが開いて津村さんが血だらけの包丁を持って立っていたのです」

彼女は眉根を寄せた。

「あなたは、何があったのだと思いましたか」

「もちろん、津村さんが奥さんを殺したのだと思いましたよ。主人がすぐ警察に通報したんです」

「午前一時に鳴ったドアチャイムについて、警察から何かきかれましたか」

「いえ、何も」

「そうですか」

京介は何か他に確かめることがあるかを考えたが、特になさそうだった。

「どうも長々とお邪魔して申し訳ありませんでした。コーヒーもごちそうさまでした」

京介は立ち上がった。

「あら、もっといいんですよ」

「また、お伺いするかもしれません。そのときはまたよろしくお願いいたします」

「いつでもどうぞ」

玄関の三和土で、京介は確かめた。

「この造りは津村さんのところと同じなのですね」

「そうです」

「じゃあ、失礼いたします」

京介は野方駅に向かった。

虎ノ門の柏田法律事務所に戻ってから、京介は改めて津村誠のことを考えた。

彼は犯行を認めている。なぜだろうか。

国選弁護人を受任してすぐに事件資料を取り寄せた。事件の詳細を知るにつれて、幾つかの疑問を抱いた。

そして、津村誠にその点を確かめた。彼は京介が口にした疑問に答えた。だが、京介を納得させる回答ではなかった。

事件は、別れ話に逆上した津村誠が無理心中を図ったが、自分は死ぬことが出来なかったというものだ。

ふたりは大阪から出てきて五年間、いっしょに暮らしている。綾子がホステスをしながら生活を支えていた。

誠は小説家を目指していたらしい。だが、いつしかその夢が挫折した。そのことで、綾子の気持ちも冷めていったのかもしれない。

だが、誠は綾子にすべてを頼って生きてきた。そんな綾子が自分から去っていく。生きる希望を失った彼が綾子を殺して自分も死のうとした。考えられないことではない。

しかし、死ななかった。なぜ、死ななかったのか。怖くなったという。

綾子を殺したあとで、改めて恐怖にかられた。果してそうなのか。

無理心中を考えた時点で、彼の精神はバランスを失い、狂気に走っていた。そして、喉を切り裂き、綾子を殺したあとで、精神が正常に戻ったというのか。恐怖を覚えたのは精神が正常に戻ったということではないのか。

もし正常に戻ったのなら、愛しい女が無残な姿を晒しているのを、そのままにして平気だったのか。ベッドに横たえてやろうとは思わなかったのか。

津村誠にそういう人間性はないと言ってしまえばそれまでだ。だが、そうだとしても、なぜ、そのあとで犯行を否認するのか。なぜ、罪から逃れようとしたのか。

何か矛盾がある。その矛盾を解決するには、綾子を殺したのは津村誠ではないとして、それを立証することだ。

すなわち、野方駅からマンションに帰る途中、誠は最初の供述通り、児童公園で缶コーヒーを飲みながら時間を潰したのだ。

それで、部屋に帰ったのは午前一時半ごろ。深夜なので、誠は静かに廊下を歩き、自分の部屋の前に立った。

明かりは消えていた。まだ、綾子は帰っていない。鍵を差し込んだが、ドアは開いていた。

不審に思って、部屋に入り、電気を点けた。目に飛び込んできたのは床に倒れている綾子だった。あわてて助け起こしたが、すでに死んでいた。そして、無意識のうちにそばに落ちていた包丁を掴んだのだ。

綾子は殺されたのだと思った瞬間、誠は悲鳴を上げた。いや、悲鳴だったのか、「綾子」と叫んだのか。

真犯人は午前一時前に綾子が帰宅したあと、ドアチャイムを鳴らした。綾子は誠かと思い、ドアを開けた。

真犯人はまったく不明だが、こういう解釈をすれば、一連の流れに説明がつく。最初、誠が犯行を否認したのも当然だ。彼は殺していないのだ。

だが、誠は罪を認めた。なぜ、認めたのか。綾子を失い、自暴自棄になっているのか。いや、そのようには見えなかった。

考えに没頭していたので、卓上の電話が鳴って、びくっとした。

深呼吸してから受話器を摑んだ。

「大阪の津村真菜さんという方からです」

事務員の声がした。午前中に津村誠の実家に電話をしたが、真菜は留守だった。母親に挨拶をし、言伝てを頼んだのだ。

「もしもし、鶴見です」

「津村誠の妹の真菜です。留守をして申し訳ありませんでした」

「いえ。誠さんの国選弁護人になったご報告とご挨拶に、お電話を差し上げたのです。少し、誠さんと綾子さんの関係についてお訊ねしたいのですが、今よろしいでしょうか」

「はい」

「誠さんにとって、綾子さんはどんな存在だったと思いますか」

「兄には綾子さんしかいませんでした。綾子さんがすべてだったんだと思います。小説家になるという夢を信じ支えてくれたただひとりのひとです。だから、綾子さんから別れ話を持ち出されて、頭が混乱してしまったのかもしれません」

「あなたも、誠さんが綾子さんを殺したと思いますか」

「えっ？　だって、兄はそう自供しているんでしょう？」

「ええ、そうなんです。そこがわからないんです」

「どういうことなんですか。何か、疑問でもあるんですか」

「事件資料を見ていて、気がついたことが幾つか」

「でも、兄は私にも無実だということはひと言も……。あっ」

何か思い出したように、真菜が続けた。

「この前の面会のとき、兄は何か言いかけたんです。俺を信じてくれ。俺は……と言って黙ってしまいました」

「俺を信じてくれと言ったんですね」

「はい。私が、なに？　って催促すると、言いづらいらしく、そのうち、手紙を書くからと」

「手紙？」

「看守さんが立ち会っていたので、話しづらいことだったのかもしれません」

「もしかしたら、あなたには自分が無実であることをわかって欲しいと思ったんでしょうか」

「先生、ほんとうに兄は無実なのでしょうか」

「まだ、わかりません。ただ私には、誠さんを犯人だと決めつけるには無理があると思っています。わからないのは誠さんの気持ちです。誠さんはなぜ、罪を認めたのか」

「…………」

「誰かをかばっているのでしょうか。そうだとしたら、そういう人物に心当たりはありませんか」

「いえ。綾子さんの身代わりになるならともかく、綾子さん殺しの犯人のために自分を犠牲にするなんて考えられません」

「失礼を承知でお訊ねしますが、あなたのご両親はいかがでしょうか」

「えっ。まさか……」

「怒らないでください。真実を知るために確認しただけですから。たとえば、あなたのお父さんが、綾子さんさえいなければ誠さんは家に帰ってくる、と……。それが事実かどうかは別として、誠さんがそう考えたらどうでしょうか。お父さんを助けようとして、嘘の自供をするとは考えられませんか」

「…………」

「ご安心ください。その可能性はありません。もし、そうだとしたら、誠さんが犯人にされては元も子もないですから、お父さんは名乗り出るはずです」

「ええ、もちろんです。でも、父は兄が殺したと思っています」

「私が言いたいのは、このように誠さんが身代わりになってもいいと思えるような人物はいないかどうか、考えて欲しかったのです」

「いないと思います。いえ、いません」

「そうですか。すると、誠さんは誰かをかばっているわけではないということですね」

京介は心がざわついた。

「わかりました。また、何かありましたらご連絡をいたします」

不安が押し寄せた。この気持ちを悟られて、真菜にいたずらに心配をかけさせてはいけないと思い、京介は強引に電話を切った。

津村誠は綾子を失った今、何を考えているだろうか。綾子のいない世界で生きていくことは考えられない。だから、綾子を殺し、自分も死のうと思ったのだ。

その綾子が突然、何者かに命を奪われ、自分に疑いがかかった。しかし、無実を訴え続け、裁判で無罪を勝ち取ったとしても、それが誠にとって何になるのか。綾子のいない現実を思い知らされるだけだ。

綾子の死は自分の死を意味する。誠はそう考えているのではないのか。妹の真菜に手紙を書くと言ったという。おそらく、そこに自分は無実であることを記そうとしたのだろう。つまり、その手紙は……。

京介はすぐに電話に手を伸ばした。

4

ふと、手紙を書く手を休め、誠は顔を上げた。独居房の高い窓から微かに月明かりが射している。

国選弁護人の鶴見弁護士は見かけと大きく違っていた。警察がまったく意に介さなかった点を、鋭く見抜き、矛盾をついてきた。だが、証拠はない。鶴見弁護士がいくらそのことを指摘しようが、警察や検察の主張を覆せるとは思えない。

無理心中を図ろうとしたことを周囲の人間は知っており、誠に逃げ道はない。仮に、裁判で無罪を勝ち取ったとしても、綾子のいない世界に誠が生きる意味はない。

再び、誠はペンをとった。

夕食後の自由時間、誠は便箋に続きを書きはじめた。

あの日、私が帰ったとき、すでに綾子は殺されていた。誰が綾子を殺したのか、私にはさっぱりわからない。綾子をストーカーする男がいた。その男にはアリバイがあるらしいが、ほんとうだろうか。元の亭主だって怪しい。だが、警察はそうは思っていない。当時、付近に空き巣や強盗、あるいは変質者の類はいなかったそうだ。通りすがりの犯行とも考えられない。

こうして消去していくと、犯人は私になる。いくら否認しても、警察に信じてはもらえない。

だが、自暴自棄になって罪を認めたわけではない。

綾子が私から離れたいと思うようになったのも、すべて私が悪い。彼女は夜働きながら、作家になる夢を持っていた私を支えてくれた。だが、私は挫折した。夢を諦めた。同人誌の仲間から徹底的にけなされても書き続けたのに、三年目に新人賞に予選落ちしたことで完全に自信を失った。それから、まったく書けなくなった。綾子は叱咤《しった》激励してくれたが、小説を書く気力が失せた。他に何の取り柄もない私は働きに出るふんぎりもつかなかった。ぶらぶらし、パチンコに行ったり、ＤＶＤを見たりして毎日を過ごした。

この間、彼女はストーカーにも苦しめられていたようだ。だが、私はそのようなことにも気がまわらなかった。

そんな私に愛想が尽きるのは当然だ。

彼女に別れる決心をさせたのは偏《ひとえ》に私の意気地なさのせいだ。彼女は悪くない。親父に反対されて、ふたりで大阪を出るとき、「きっと私が誠さんを作家にしてみせます」と彼女は言った。それは親父に対する彼女の意地だった。

その意地を踏みにじったのだ。

事件の夜、私は歌舞伎町をほっつき歩き、野方に着いてからもすぐにマンションに帰ろうとしなかった。綾子のいない寒々とした部屋に帰るのがたまらなくいやで、自動販売機で缶コーヒーを買って公園で時間を潰した。

まさか、すでに綾子が家に帰っているとは思わなかった。もし私が、まっすぐに帰っていれば、綾子を死なせるようなことはなかった。

諸々のことを考えると、綾子の死に一番責任があるのは私ということになる。綾子を殺した犯人像がまったく浮かばないのは、天が私に罰を与えようとしているからではないか。

どうせ、私は綾子のいない世界では生きていけない。早く、綾子のもとに行きたい。

それが私の望みだ。

よって、私は天に代わって、自分自身に有罪を宣告することにした。死をもって、綾子に詫《わ》びる。それが私に科せられた罰である。

親父やおふくろには、逆らったまま逝くことを心から詫びる。親父には期待に添えなかったこと、おふくろには悲しませてしまったことを謝っていたと伝えて欲しい。真菜にも苦労をかけてすまないと思っている。人殺しの妹ということで、この先いろいろ辛い目に遭うかもしれない。すまない。許してくれ。ただ私は、あの世でまた綾子と暮らせると思うと心が浮き立つ思いだ。

早く、勝手な兄のことを忘れ、自分の人生を大切に生きて欲しい。

ふいに涙が溢れて手を止めた。子どもの頃のことが蘇った。親子四人で、道頓堀まで食事に行った。父によく松竹座に連れていってもらった。母は吉本コメディが好きで、なんばグランド花月によくいっしょに行った。

気を取り直し、誠は手紙の最後を書き記した。

追伸　鶴見弁護士にくれぐれもお詫びを。

封筒に入れ、「真菜さまへ」と宛名を書いた。

これですべてが終わった。はじめて北新地のクラブで綾子と出会ってから六年である。東京に来てからの五年間はあっという間だった。いや、自分の三十年という人生そのものが咲いた花がやがて散っていくように束の間のことだった。

照明が暗くなった。九時だ。消灯時間だ。廊下を看守が通る。布団に横たわった。すでに、シャツを引き裂き、撚《よ》ってヒモ状にしてある。トイレの衝立の角にかけて首を吊れば死ねるだろう。

実行は明け方のほうがいいかもしれない。巡回の看守が行き過ぎたあとを狙って実行に移すつもりだ。綾子はきっとひとりで寂しい思いをしているに違いない。すぐにそっちに行く。もう、辛く悲しい思いはさせない。

仰向けになっているが、誠は目を開けていた。今まで気づかなかったが、天井に微《かす》かな染みがあった。

それにしても、俺は鈍感だったと悔やむしかなかった。綾子は自分に惚れている。他の男に心をうばわれることなどないと思っていた。愚かだったというしかない。もっと、綾子の気持ちを慮《おもんぱか》ってやるべきだった。

しかし、ほんとうに綾子に好きな男が出来たのだろうか。そんなことを考えているうちに、いつしかまどろんだ。

はっと目を覚ました。まだ、外は暗い。靴音がこの部屋の前を通った。次に、靴音が過ぎたら実行に移す。誠は涙を流していた。

翌朝、京介が虎ノ門の事務所に顔を出し、自分の部屋に入ったのを待っていたように電話が鳴った。

いつもと同じはずなのに、どこか神経に障るような音だった。

すぐに受話器を摑んだ。

「東京拘置所からです」

事務員の声が耳元に響いた。

深呼吸をして、京介は相手に応えた。

「もしもし、鶴見です」

「こちら東京拘置所の看守係ですが、ご報告しておきます。明け方、津村誠が自殺を図りました」

「ほんとうですか」

京介は息を呑んだ。

「幸い、発見が早く、大事にはいたりませんでした。きのうの鶴見弁護士の助言により、監視を厳しくしておいたのがよかったようです」

「そうですか。無事でしたか。ありがとうございました」

「今、本人は医務室から戻り、落ち着きを取り戻しています。それから、妹宛てに遺書を書いていました」

「それはどうしたのでしょうか」

「本人が無事でしたので、返却しました」

「そうですか。わかりました。きょうは会えるでしょうか」

「ええ、だいぶ落ち着きを取り戻していますから」

「わかりました。のちほど接見に伺います」

電話を切り、京介は大きく溜め息をついた。

このことを真菜に伝えるべきかどうか迷ったが、大事にいたらなかったのだから、知らせないでおくことにした。

午前中に、他に手がけている民事事件の書類作りを済ませ、午後になって小菅《こすげ》の拘置所に向かった。

接見の申し入れをして、待合室でしばらく待ってから接見室に向かった。

京介が入ると、すぐに津村誠が入ってきた。

首筋に痣《あざ》が微かに残っている。

「津村さん。どうしたというんですか」

誠は俯いている。

「綾子さんがいなくなって、生きる希望がなくなったのですか。それで、綾子さんが喜ぶと思いますか」

ようやく、誠は顔を上げた。

「綾子を死に追いやったのは私なんです。私は自分で自分を罰します。私は自分に死刑を宣告したのです」

誠は震えを帯びた声で言った。

「あなたは、あの世で綾子さんに会って、また甘えようとしているのではないんですか」

「甘えるなんて」

誠は口許を歪めた。

「あの世で会っても、綾子さんはあなたを受け入れないと思いますよ。あなたは自分のことしか考えていないではないですか」

京介は歯がゆく、そして腹立たしかった。

「そういうところが、奥さんの心を遠ざけた一因とは考えたことがないんですか。あなたはあまりにも弱虫で身勝手です」

「どうして、私が……」

誠は悲しい目で訴えた。

「あなたは自分に死刑を宣告したと言いますが、単に逃げているだけです。あなたは現実から常に逃げようとしています。事件の夜も、綾子さんがいない部屋に帰るのがいやで児童公園で時間を潰したのでしょう。それも現実から目を逸らしていたからです。あなたが辛い現実に立ち向かっていたら、綾子さんを守ってあげられたはずです。それなのに、今もまた過ちを犯そうとしています」

「………」

「どうして、綾子さんを殺した犯人を捕まえようとしないのですか。どうして、綾子さんの仇《かたき》をとってやろうとは思わないのですか」

「犯人は私です。警察が決めつけました」

「あなたが無実ということになれば、警察は改めて捜査をしなおすでしょう。あなたが犯人ではないという視点から捜査をすれば、きっと真犯人を見つけ出せるはずです。そのためにも、まず、あなたが真実を語り、無実を勝ち取ることです。津村さん、目を覚ましてください。あなたが今すべきこと、やらねばならないことは死ぬことではない。綾子さんの仇をとることです。あなたが綾子さんに詫びたいと思うなら、仇を討ったあとに改めて考えることです」

最後は語気を強めた。

誠は体を丸め、じっと俯いている。

「綾子の仇をとる……」

何度か体が震え、徐々に背筋が伸びてきた。やがて、誠は顔を上げた。必死にすがるような形相になって、

「私が間違っていました。綾子のためにも、きっと犯人を」

心の奥から噴き出たような熱い口調で言った。

「そうです。もう決してばかな考えを起こしてはいけません」

「はい」

誠は力強く頷いた。

「よかった」

京介はほっとした。と同時に、むきになって激しく訴えたことが恥ずかしくなった。急いで話を逸らすように、本題に入った。

「津村さん。改めておききします。あなたは奥さんを殺していないのですね」

「殺していません。どれだけ否定しても聞き入れられないことに絶望したのです。事実は、この前、先生が見抜いたとおりです。部屋に帰ったら、綾子が死んでいたんです」

「児童公園で時間を潰したのは間違いないのですね」

「ええ、間違いありません。証人はおまわりさんです。自転車で通りかかり、公園に入ってきたおまわりさんに声をかけられたんです。何しているんだと。それをきっかけに

立ち上がってマンションに帰ったのです」

「あの近くの交番の巡査でしょうね。顔は覚えていますか」

「ええ、以前にも見かけたことがあります。二十七、八歳の若いおまわりさんでした」

「そうですか。それは運がよかった。すぐに見つけ出せますし、巡査ならちゃんと証言してくれるでしょうから」

「でも、犯行が一時半だということだと、児童公園にいたことがアリバイになりますか」

「一時ごろ、ドアチャイムが鳴っていて、言い争う声を隣室の主婦が聞いています。少なくとも、一時半という犯行時刻に疑問を提示することが出来ます」

「はい」

誠に生気が蘇った。

「それから、奥さんが親しくしていた男とか、言い寄っていた男とか、誰か思いつくひとはいますか」

「はい。妻をストーカーしていた男がいたんです」

「ストーカー？」

「川瀬勝彦という不動産会社に勤めていた男です。川瀬にはアリバイがあったと刑事さんが言ってました。ただ、それが真実かどうか」

京介は名前を手帳に控えてから、

「そのアリバイの件、調べてみます。他には？」

「あと元の旦那です。篠崎豊というそうです」

「元の？」

「彼女は再婚でした」

「そうですか。で、元のご主人とまだおつきあいが？」

「はい。一度、彼女をつけたことがあるんです」

新宿の京王プラザホテルまでつけていき、元亭主と会っていたのを目撃した話を、誠はした。そのとき、男に声をかけられた。それが川瀬勝彦だったという。

「川瀬は綾子には好きな男がいると言ってました。川瀬がほんとうのことを言ったのかどうかはともかく、その男のことはわかりません」

「わかりました。私のほうで調べてみます」

京介は手帳をしまいながら言った。

「また来ます。いいですね。もう二度とばかな真似は……」

「わかっています」

誠はしっかりした口調で答えた。

京介は拘置所の門を出た。駅に向かって歩きだしたとき、前方から二十代後半と思える女性が歩いてきた。

誰かの面会であろうか。長い髪の一方をかきあげて耳を出している。その形のよい耳に色気を感じ、京介はあわてて目を逸らした。きっと唇を結び、美しい目許を一点に見据えている表情が印象的だった。拘置所にはふさわしくない清楚な姿に面会者のいる身を思い痛々しい気がした。

すれ違いざま、その女性から声をかけられた。

「失礼ですが、鶴見先生ではありませんか」

「えっ」

驚いて立ち止まり、振り返る。

「そ、そうです。鶴見ですが」

京介はどぎまぎして、相手の顔を見た。

「私、津村誠の妹の真菜です」

「えっ、真菜さん？」

驚きの声を発した。大阪にいるはずの真菜とここで出会うとは。真菜はとても美しい女性だった。

「はい。きのう、先生とのお電話を切ったあと、なんとなく先生のご様子に胸騒ぎがして、朝になっても落ち着かないので東京に出てきました。東京駅から先生の事務所にお電話したら拘置所に行かれたと伺ったものですから。あの、兄に何か」

真菜の顔は憂色が濃かった。

「心配いりません。もうだいじょうぶです」

「もう？」

「お兄さんに面会に行かれる前に、ちょっとお話があるのですが」

「はい」

京介は荒川の土手に上がった。

荒川の河川敷を歩きながら話した。川の向こうに東京スカイツリーがそびえている。

「じつは誠さん、今朝自殺を図りました。でも、安心してください。命に別状はありません」

京介は事情を説明し、接見での誠の様子を話した。

「そうでしたか。なんとなくそんな心配をしていたんです。でも、よかった。兄が前向きな気持ちになってくれて」

「ええ。必ず誠さんの無実を明らかにします」

「先生、お願いいたします」

「わかりました。面会のあとはすぐに大阪へお帰りに？」

「はい。兄に面会してすぐに戻らなければならないのです。母が体調を崩しているので」

「そうですか。お時間があれば、事務所に来ていただいてゆっくりお話をと思ったのですが」

京介は残念そうに言った。

「また、改めて参ります」

「わかりました。そのときはぜひ連絡してください」

「はい」

真菜の表情から憂いが消えていた。誠が綾子を殺していないことがわかって安堵《あんど》したようだった。

拘置所までいっしょに戻り、面会室に向かう真菜と別れ、京介は少し弾んだ気分で駅に向かった。

# 第三章　ストーカー

## 1

翌日の午後、野方駅を下り、鶴見京介は野方七丁目交番に向かった。津村誠の住む『宝マンション』や、誠が休んだ児童公園のある場所を受持ち区域としている。

京介が交番の入口に立つと、白髪が目立つ巡査が婦人に地図を片手に説明をしていた。それが終わるまで、京介は待った。

礼を言いながら、婦人が引き上げていった。笑顔で婦人を見送った巡査が、京介に気づいた。

「弁護士の鶴見と申します」

「はあ」

巡査が怪訝そうな顔をした。

「私は、『宝マンション』で発生した殺人事件の被告人の弁護をしています。こちらに、

二十七、八歳くらいのおまわりさんはいらっしゃいますか」
「それなら、小山《こやま》巡査です」

白髪の巡査がすぐに答えた。

「今、小山巡査は？」

「巡回に出ていますが、小山に何か」

巡査は不審そうにきいた。

「事件があった夜、野方七丁目の児童公園で、被告人の津村誠がおまわりさんに声をかけられたと言っているんです。そのおまわりさんが小山巡査かどうかはわからないのですが。四月十日の午前一時過ぎ、小山巡査が勤務をしていたかどうかわかりませんか」

「四月十日ですか」

白髪の巡査が台帳を広げ、

「一カ月前ですね。ええ、小山は夜勤でした」

「そうですか」

やはり、小山巡査に間違いないようだ。

「私はこの交番勤務の山本です。まあ、お座りになってお待ちください」

と、椅子を勧めた。

「そうですか。あの事件の弁護を……」

山本巡査は目を細めた。白髪が目立つが、顔の肌艶からして、実際は見た目より若いのかもしれない。

「帰ってきました」

外を見て、山本巡査が言った。

若い巡査が自転車から下りて、交番に入ってきた。京介は立ち上がった。

細面の端整な顔立ちで、眉毛が濃い。長身だ。

「小山くん。こちら、『宝マンション』の殺人事件の弁護をしておられる鶴見弁護士だ。君にききたいことがあるそうだ」

一瞬、小山の表情が強張ったような気がした。

「鶴見です」

京介は名乗ってから、

「事件の起こった夜、被告人の津村誠が、野方七丁目の児童公園のベンチで休んでいるとき、若いおまわりさんに声をかけられたと言っているんです。そのおまわりさんがあなたではないか……」

「違います」

最後まで聞かずに、小山は強い口調で否定した。

「私には覚えがありません。そんな犯人の嘘を真《ま》に受けて来ないでください」

と言い、奥に向かった。まるで、逃げるようだった。

「待ってください」

京介は声をかけたが、すでにドアの向こうに消えていた。

「どうしたんだ、あいつは？」

山本巡査は眉根を寄せて、小山が消えたドアを見つめたまま、

「いつもは素直な男なんですが、どうも最近、いらだっているようで」

「どうしたんでしょうか」

京介はきいた。

「さあ」

「他に若いおまわりさんはいらっしゃいますか」

京介は念のためにきいた。

「いや、ここにはいません」

山本巡査が答えた。

小山が出てくる気配はない。

「もしかしたら、夜だったので、若く見間違えたのかもしれません。その夜の当直の方は他にどなたが？」

「もうひとりは、三十半ばの巡査です。肥って大柄な男です」

その巡査ではなさそうだ。

「他の受持ち区域の交番の巡査が通ったのでしょうか」

その可能性は低いはずだが。

「署のほうに行く用があったりしたときに通過することはありますが、深夜には考えられませんね」

「そうですか」

京介は、やはり小山だと思った。もう一度、津村誠に記憶を確認してみる必要があるが、小山の非協力的な態度はおかしい。

小山は出てこない。ひとまず、引き上げるしかなかった。

事務所にもどるにはまだ時間があるので、川瀬勝彦のマンションに行ってみることにした。

川瀬勝彦の住いは警察の調書に記載があった。高田馬場のマンションである。

京介はマンションに向かった。

彼の供述書によると、新宿のクラブで綾子を知り、それから夢中になって、何度か野方のマンションに送ったらしい。当時は不動産会社に勤めていて、接待などでそのクラブを利用していた。

ところが、川瀬は半年前に不動産会社を解雇された。クラブに行くことも出来なくなり、店の前で彼女を待ち伏せるようになり、やがてストーカー行為を働くようになった。

だが彼は、自分はストーカーではないと供述している。

警察が川瀬勝彦の供述調書をとったのも、いちおう被害者に関わった人物の捜査をしていることをはっきりさせたいからのようだ。

目指すマンションにやってきた。川瀬の部屋は二階だ。エレベーターで二階に上がり、川瀬の部屋の前に立った。

インターホンを押す。しばらくして物音がした。ドアが開き、目のつり上がった男が顔を出した。

「川瀬勝彦さんですか」

「そうだけど」

「私、津村誠さんの弁護人の鶴見と申します。少し、お話を伺わせていただきたいのですが……」

少し顔を歪めたが、川瀬は「どうぞ」と中に招じ入れた。

「失礼します」

1Kの部屋だ。キッチンは散らかり、ゴミ箱にはカップ麺の空きカップが溢れている。

「そこ、どうぞ」

川瀬は椅子を勧めた。

「では」

京介は腰を下ろした。

川瀬は足を引きずっている。

「どうしたんですか」

「転んでくじいたんです」

「それはいけませんね」

「そんなことより、何か俺にききたいことがあったんじゃないの？」

川瀬は不機嫌そうに言う。

「ええ。あなたは津村綾子さんとはどういう関係だったのですか」

「どういうって……」

「深夜に野方のマンションにも行っていたようですね」

「彼女が無事に帰宅したか見届けたくてね。彼女、ほんとうは旦那と別れたがっていた。

だから、彼女の力になりたかったんですよ」

「別れたがっているというのは誰から聞いたんですか」

「彼女から相談を受けたんですよ」

「相談？　いつごろ、どこで？」

「忘れました」

この男の言葉はどこまで信じられるのか。

「新宿の京王プラザホテルまで、あなたは津村綾子さんをつけていったことがありましたね」

「まあ」

「そのとき、津村誠さんと言葉をかわしましたね」

「ええ」

「あなたは、津村誠さんに、奥さんには好きな男がいると仰《おつしや》ったそうですね」

「ああ、言いましたね」

「それはほんとうのことですか」

「ほんとうですよ」

「誰なんですか。その男というのは？」

「いいじゃないですか。もう、彼女はいなくなっちゃったんだし」

冷めた表情だ。

「じつは、私は綾子さんを殺したのはご主人の誠さんではないと思っています。すると、他に誰が犯人になり得るか……」

くっくっと、突然川瀬は笑いだした。

「失礼。もしかして、俺を疑って来たの？」

川瀬の目が鈍く光った。

「あなたにはアリバイがあったそうじゃありませんか」

「そう。だから、俺は犯人じゃない」

「ちなみに、どんなアリバイですか」

「事件があった夜、俺はずっとこの部屋にいたんだ」

「それを証明してくれるひとはいるんですか」

「あの夜の午前零時半ごろ、テレビの音が大きいって、隣の爺さんに苦情を言われた。そのときは癪《しやく》に障ったけど、それで俺のアリバイが証明出来たってわけ」

「そうですか」

午前零時半にここにいたのなら、それから野方まで行って犯行を行なうことは無理だ。

「やっぱり、亭主の仕業《しわざ》でしょう」

「あなたが言う好きな男も容疑者のひとりになります」

川瀬は首を横に振った。

「それはだめです」

にやにや笑いながら、川瀬は言う。

「だめ？」

「だって、彼女が好きな男っていうのは、この俺だったんですよ」

「あなたが？」

「そうですよ。彼女は自分でもそのことに気づいていなかった。可哀そうな女でした」

正気なのか、ふざけているのか、京介は怪しんだ。

「弁護士さん」

川瀬は真顔になった。

「早く、旦那をなんとかしておけば、彼女が死ぬようなことはなかったんだ。それを思うと、どうしてなんとかしなかったのかと悔いが残ります」

「なんとかとは、どういうことですか」

「だから、別れさせることですよ。早く、別れさせたらよかったのに」

「あなたは、綾子さんとそのような話をしたというのですか」

「ええ、彼女から頼まれました。別れなければ、殺してくれって」

川瀬の目が据わっている。不気味だった。

この男の話のどこまでが真実か、わからない。

これ以上、話を聞いても仕方ないと思った。

「いろいろ聞かせていただき、だいぶ参考になりました」

京介は話を打ち切った。

「もういいんですか」

川瀬は不満そうだ。

「また、何かありましたら教えてください」

京介は立ち上がった。

奥の部屋がちらっと目に入ったが、洋服も床に脱ぎっぱなしで、湯飲みが転がっていたり、まともな暮しではないようだ。

靴を履いて外に出ようとしたとき、川瀬がにやにやして言った。

「弁護士さん。今度来たら、もうひとり、怪しい男のことを教えてあげますよ」

「怪しい男？　誰ですか」

「そう簡単には言えませんよ。相手が悪すぎる」

「お願いします」

適当に返事をして、京介は部屋を出た。

疲れた。とても嫌な感じがした。それが、実感だった。綾子が川瀬にストーカーに遭っていたのは間違いないようだ。

ストーカー殺人が頻発している昨今、川瀬の行動が明らかになれば綾子殺害の容疑がかかるところだ。だが、彼にはアリバイが存在した、隣家の老人からテレビの音量のことで苦情を言われたという。

しかし、川瀬の言葉をそのまま信用していいのか。念のために確かめようと、エレベーターの前から引き返した。川瀬が部屋を出てくる心配もあったが、隣室のドアの前に立った。

インターホンを鳴らした。

はい、と応答があった。

「私は弁護士の鶴見と申します。ちょっと、お隣の川瀬さんのことでお伺いしたいのですが」

すぐにドアが開いて、男性が顔を出した。八十歳近いようだが、顔の色艶はいい。

鶴見はもう一度、名乗ってから、

「四月十日の深夜、テレビの音量のことで、川瀬さんに苦情を言われたことがありますか」

「ああ、あるよ。あまりにも非常識だ」

「苦情を言ったあと、すぐ音は小さくなったのですか」

「なった」

「ほんとうに川瀬さんだったのですか」

「だろうよ」

「と言いますと？」

「俺は隣の部屋のドアの前からインターホンで話しただけで、顔を合わせていないからね」

「えっ？　顔を合わせていない？」

「でも、川瀬さんしかいないんだから、本人だろうよ」

「警察にもそのようにお話を？」

「ああ、今のように話した」

警察はその程度のことでアリバイを認めたのか。別の人間だった可能性を考えなかったのか。もっとも、その証拠があるわけではないが……。

「川瀬さんがテレビを大音量でかけることは、以前からあったのですか」

「いや。あの日がはじめてだった」

「わかりました」

京介は辞去した。

ちょうど四時だった。高田馬場の駅に着いてから、事務所に電話を入れた。急用は入っていなかった。

電話を切ってから、思いついて綾子のクラブの朋輩である水谷寿美江に電話をした。出勤する前に三十分でも会えたらと思ったのだ。クラブは新宿歌舞伎町にある。

「はい。もしもし」

「水谷寿美江さんですか。私、津村誠さんの弁護人の鶴見と申します。少し、お話をお伺いしたいのですが、お時間をとっていただけないでしょうか」

「いつですか」

「いま、高田馬場にいるのですが、きょうお仕事の前にでもお会い出来ればと」

「そうですか。わかりました。では、五時に伊勢丹の裏手に『タイム』という喫茶店があります。そこでいかがでしょうか」

「結構です。では、『タイム』に五時ということで。念のために私の携帯の番号を……」

京介は電話を切り、JRの改札に向かった。

四時半に伊勢丹の裏にある『タイム』に着いた。あと三十分、考え事をするにはちょうどいい時間だ。

小山巡査と川瀬勝彦のふたりに会ったが、有益な情報は得られなかった。小山巡査は否定した。別の巡査だった可能性もあり、挙動に不審があっても彼が嘘をついていると は言い切れない。小山巡査が嘘をつかねばならない理由はないのだ。津村誠が勘違いしている可能性もなくはない。

この点についてはもう一度、津村誠に確かめる必要がある。小山は細面の端整な顔立ちで、眉が濃かった。この特徴を、津村誠が覚えているかどうか。

川瀬についてはもっと調べてみる必要がありそうだ。事件の夜、部屋にいたのは別人だった可能性もある。知り合いをアリバイに使った可能性も否定出来ない。

入口に若い女性が現れたが、奥に向かう。奥のテーブルで男が手を上げていた。

五時少し前に、華やかな感じの女性が入ってきた。きょろきょろ見回し、やがて見当をつけたように、京介のテーブルに向かってきた。

京介は立ち上がって迎えた。

「鶴見先生ですか。水谷寿美江です」

「鶴見です。お忙しいのにお時間をとっていただき、ありがとうございます」

「いえ」

ふたりは同時に腰を下ろした。

ウエイターにコーヒーを注文してから、彼女がきいた。

「津村誠さんのことで何か」

「ええ。あなたは今回の事件を知って、どう思いましたか。誠さんが綾子さんを殺したと思いましたか」

「そうじゃないんですか」

寿美江はバッグから煙草を取り出した。

「いいかしら」

「どうぞ」

細い煙草をくわえ、彼女は馴れた手付きでライターの火をつける。

「誠さんは、あなたにも無理心中をほのめかしていたそうですね」

「ええ、綾子がいなければ生きていけない。だから、別れるくらいなら綾子を殺して自分も死ぬと言ってました」

「綾子さんが、誠さんと別れようとしていたのは間違いないのですね」

「ええ、間違いありません。このままじゃ、お互いにだめになってしまうからって」

「綾子さんには好きな男性がいたのでしょうか」

「いなかったと思いますよ。やっぱり、誠さんのことを愛していたんだと思います」

「でも、別れようとした？」

「ええ。誠さん、小説家を目指していたのに挫折したらしく、毎日腑抜けた暮しを送っていたそうね。あまり、詳しいことは話してくれなかったけど、このまま暮らしていけばいつか誠さんのことが嫌いになる。そのことが怖かったみたい」

「好きなうちに別れたい、ですか」

「そう。それが、彼女の本音だったと思うわ」

コーヒーが運ばれてきた。

ウエイターが去って、京介は再び口を開いた。

「綾子さんにストーカーを働いていた男がいたのはご存じですか」

「ええ。川瀬さんでしょう。綾子、困っていました」

「最初は客だったのですね」

「そうです。不動産会社の営業マンで、三年ぐらい前からお店に来るようになりました。もちろん仕事がらみです。いつも綾子を指名し、お店が退けたあと、外で待っていることもたびたびあって、彼女はいつも私といっしょに帰るようになったんです。それが半年ぐらい前に、川瀬さんは会社を辞めたんです。理由はわかりませんが、辞めさせられたようです。会社の金を使い込んだという噂もありましたが、ほんとうかどうかはわかりません」

彼女は煙草を片手に、コーヒーを飲んでから続けた。

「会社を辞めてから、何度か来ましたけど、お金が続かなくなったのか、その後はお店に顔を出さなくなりました、その代わり、綾子を待ち伏せたり、あとをつけたりと、だんだんエスカレートしていったんです。何度か、綾子は川瀬さんを説得したそうですが、言うことなんか聞きませんよ」

彼女は顔をしかめ、

「だから、私が彼に言ってやりました。これ以上、綾子につきまとうと警察に訴えると。そしたら、俺は彼女を助けたいだけだ。あんな亭主といっしょじゃ不幸だ。亭主さえいなくなれば、俺といっしょになれるんだ。あの男を始末しなきゃと、薄気味悪く言うんです。だから、私は綾子に警察に訴えたほうがいいと勧めたんです」

「それで、綾子さんは警察に行ったんですか」

「最初は、そこまでしなくてもいいと言ってましたけど。それからしばらくして、やっぱり中央署の生活安全課に相談しに行ったようです」

「警察に行ったのはいつ頃のことですか」

「一月の終わり頃だったかしら」

「で、その後は？」

「何度か刑事さんが川瀬さんに注意をしてくれて、その当座はいいんですけど」

「ストーカーは終わらなかったのですね」

「そうです」

川瀬は誠がいなくなれば、綾子は自分のものになると思い込んでいたようだ。川瀬には妄想癖があるのかもしれない。

「あなたは、綾子さんが殺されたと聞いたとき、何があったのだと思いましたか」

「最初は川瀬さんの仕業だと思ったわ。刑事さんが来たとき、川瀬さんのことを言ったほどですから。でも、川瀬さんにはアリバイがあると聞いて、やっぱり誠さんが無理心中を図ったのかと思い直しました」

「事件の当日、彼女は朝から出かけて、そのままお店に入っているんですが、どこに行ったのかわかりませんか」

「いえ、わかりません」

「その夜のお店での様子には、変わったことはありませんでしたか」

「ええ、特には。ただ、少し、疲れているように感じましたけど」

「疲れている？」

「誠さんとのことで心労が重なっていたのかもしれません」

「綾子さんの元のご主人をご存じですか」

「いえ。知りません」

「篠崎豊という名を聞いたことは？」

「ありません」

「そうですか」

「綾子さんにはつきあっている男性はいたのでしょうか」

「いないと思いますよ。私は聞いていません」

「あなたにも言えないような相手だったということはありませんか」

「それはないと思います」

そのほか、幾つか確かめたが、彼女が時間を気にしたので、話を切り上げた。

「お役に立てませんで」

「いえ、参考になりました」

京介は伝票を摑んで立ち上がった。

「私はここで、ひとと待ち合わせていますので」

「そうですか。では、ここで失礼します」

レジで金を支払い、ドアに向かいかけると、寿美江のテーブルに白髪の紳士が向かっていく。同伴出勤のようだった。

外に出た。まだ、外は明るかった。

2

翌朝、京介は津村誠に接見した。

「きのう、野方七丁目交番に行き、若い巡査に会いました。小山巡査です。若い巡査というと、小山巡査しかいません。ところが、小山巡査は児童公園でのことを否定しました」

「えっ？」

「あなたは、会った巡査の特徴を覚えていませんか」

京介は確かめた。

「細身で、おとなしそうな顔立ちでした。そう、眉が濃かったと思います」

「そうですか」

小山巡査の特徴と一致する。誠に小山を見てもらえばはっきりするのだが、それは出来ない。

「小山巡査ではないんでしょうか」

誠も訝《いぶか》しげにきいた。

「いえ、似ています。あなたが会ったのは小山巡査だと思います」

「じゃあ、どうして？　忘れてしまったんでしょうか」

「いや、そんなはずはありません」

あのときの小山の不自然な態度が蘇った。明らかに、この件から逃げるように、奥の部屋に入ったきり出てこなかった。

何かある。そう思わざるを得ない。

「この件は、さらに調べてみます」

「はい」

「それから、綾子さんは川瀬勝彦のストーカー行為で、警察に相談していたようです」

「警察に？」

「やはり、知らなかったのですね」

「知りませんでした。私に話してくれなかったんですね」

誠は沈んだように言う。

「あなたによけいな心配をかけまいとしたのかもしれません。川瀬は妄想の激しい男のようです。綾子さんから相談を受けたと、平然と言うような男です。ほんとうは旦那と別れたがっていた。だから、彼女の力になりたかったんだと」

「嘘だ」

誠が叫んだ。

「もちろん、嘘です。水谷寿美江さんの話からも嘘だとわかります。川瀬は相当、思い込みの激しい人間なので、綾子さんは怖くなって警察に相談したのでしょう」

「そんな辛い思いをしていたのにも、気づいてやれませんでした」

誠は悔しそうに言った。

「それから、川瀬勝彦が奥さんには好きな男がいると言ったのは嘘のようです」

「いえ、ほんとうだと思います」

「どうして、そう思うのですか」

「彼女は一泊旅行に行きました。私には寿美江さんといっしょだと言ってましたが、嘘でした。その日、寿美江さんは東京にいました」

猜疑心から調べたものと思える。

「どこに行かれたのでしょうか」

「京都だと言ってました」

「京都に知り合いは？」

「いないと思います。ほんとうに京都かどうかわかりません。いっしょに行く相手を隠したんですから、行き先だって嘘かもしれません」

「そうですね」

「綾子にはつきあっている男がいたと思います。私には気づかれぬようにつきあっていたのです。私と別れたがったのも、その男のせいだと思います」

誠はふいに顔を上げた。

「事件の日も、綾子はその男に会っていたに違いありません。ひょっとして、その男と何かもめて……」

誠はその男が綾子を殺したのではないかと思ったようだ。そのことはともかく、綾子が誰と旅行に行き、事件の日は誰と会っていたのか、それを調べる必要がある。

拘置所から事務所に戻り、ある民事事件の答弁書の作成を行なってから、京介は受話器に手を伸ばした。

水谷寿美江の家の電話番号を押す。

何度もコール音がし、もう諦めようとしたとき、ようやく相手が出た。

「はい」

用心深い声が聞こえた。

「弁護士の鶴見です。きのうはありがとうございました」

「いえ、お役に立てたかどうか心配です」

急に声の調子が変わった。

「大いに参考になりました。すみません。もうひとつ確認したいことがあるのですが、いまお電話、だいじょうぶでしょうか」

「ええ、構いませんけど」

「綾子さんは三月九日に一泊で旅行をしていますが、誠さんにはあなたといっしょだと告げたそうです。あなたは、そのことで、何か頼まれましたか」

「ええ、頼まれました。あとで、誠さんからきかれたら、いっしょだったと答えて欲しいと」

「綾子さんが誰とどこに行ったか、聞いていませんか」

「八尾だと思いますよ」

「八尾？」

「ええ、大阪河内の八尾市。彼女が生まれた土地ですよ。どこへってきいたら、久しくご両親のお墓参りをしていないからと言ってましたから」

「それなら、誠さんに隠すようなことではないと思いますが？」

「ふたりの間では、大阪という言葉はタブーのようになっていたんじゃないですか。誠さんに気を遣ったんだと思います」

「誰かといっしょだとは思いませんでしたか」

「さあ」

「たとえば、別れたご主人といっしょだったとは考えられませんか」

「彼女が復縁を考えていたということですか。六年以上も前に別れたのでしょう。考えられません」

それは寿美江の感想であって、綾子の気持ちではない。しかし、復縁を考えていたら、寿美江に相談しただろうか。

「もし、仮に、綾子さんが復縁を考えていたら、あなたに相談したでしょうか」

「相談というより、事後報告でしょうね。復縁することになったら、話してくれると思いますけど」

電話口から携帯が鳴っている音が聞こえた。

「すみません。ちょっと電話が入って」

「いえ、こちらこそ。長々と、ありがとうございました」

礼を言って、京介は電話を切った。

ちょうどそこへ、事務所で雇っている調査員の洲本功二《すもとこうじ》がやってきた。

「すみません。お呼び立てして」

京介は執務室に洲本を迎え入れた。

「いえ」

「どうぞ」

椅子を勧めた。

「失礼します」

洲本は営業マンのように人当たりがよく、元刑事とはとうてい思えない。京介はいつも調査を頼んでいる。

「いま、野方で発生した殺人事件の被告人津村誠の弁護をしています。事件当夜、津村誠は……」

事件の概要を話してから、

「そういうわけで野方七丁目交番の小山巡査の行動を調べていただきたいのです」

京介は頼んだ。

「わかりました。確かに小山巡査の態度は不可解ですね」

「ええ。午前一時頃にあの場所を通りかかったとしたら、どこかに出かけての帰りだったと思われます。あの付近で、小山巡査が出かける何かがあったのか」

「わかりました。調べてみましょう」

「それと、もうひとつ。津村綾子はストーカー被害のことで、中央署に相談に行っているのです。その相談を受けた警察官を調べていただけませんか」

「その警察官に何か」

「綾子につきあっている男がいたかどうか知りたいのです。その警察官が綾子から何かをきいているかもしれませんので」

「わかりました。では、さっそく」

洲本は立ち上がった。

さっきから迷っていた。真菜の顔が浮かんでいる。思い切って真菜の携帯に電話をかけた。

「もしもし」

真菜の明るい声が聞こえてきた。

「すみません。鶴見です。いま、だいじょうぶですか」

「はい。兄に何か」

真菜は不安そうにきいた。

「いいえ。そうではありません。じつは、お願いがあるのですが。いいえ、どうしてもというわけではないので」

「いえ、なんでも仰ってください」

「そうですか。では、お話しいたします。三月九日、綾子さんは一泊でどこかへ出かけました。友人の話では大阪の八尾にご両親のお墓参りに行ったのではないかと言うのです。それから、事件当日も朝から綾子さんはどこかへ出かけていました。念のために、綾子さんが八尾の親戚の家に行ったかどうか、わかるようなら調べてもらいたいのですが」

「わかりました。明日か明後日まででよろしいですか」

「ええ。そんなに急ぎませんので」

「すみません。兄のために」

「いえ、誠さんの無罪を勝ち取るのが私の仕事ですから」

「ありがとうございます」

「では」

携帯を切ったあとも、真菜の声の余韻《よいん》が残っていた。美しい顔を思い出して、心が妙に温かくなるのを感じた。

午後六時、京介は茅場町にある証券会社の隣の喫茶店に入った。狭い店内に、ひとりだけの男性客はいなかった。まだ、来ていないようだ。

京介は入口に近い場所に席をとった。

腰を下ろしたのと、自動ドアが開いて四十ぐらいの眼鏡をかけた男が入ってきたのが同時だった。京介が立ち上がると、男がまっすぐ近づいてきた。寿美江もそうだったが、素早く胸のバッジを見たようだ。

「篠崎です」

「お電話で失礼しました。弁護士の鶴見です」

ウエートレスが注文をとりにきた。

篠崎はアイスコーヒーを頼み、京介はこのところコーヒーを飲みすぎていたのでレモンティーを注文した。

「で、私にききたいというのは?」

篠崎が急かした。

「あなたは、京王プラザホテルのラウンジで、津村綾子さんとお会いになっていますね」

「ええ、会いました」

「失礼ですが、離婚してから六年以上経っていると伺っています。どういうことで、お会いになられたのでしょうか」

「そんなことが、今回の事件に何か関係するのですか」

「わかりません。ですが、いちおう被害者の行動も知っておきたいと思いまして」

篠崎は人指し指で眼鏡を少し押し上げてから、

「おふくろが入院したんです」

と、ふいに言った。

「胃癌《いがん》でしてね。医者は手術すれば治ると言ったんですが、母はすっかり参ってしまって。最後に、ひと目綾子に会いたいと言いましてね」

「それほど、綾子さんと仲がよかったのですか」

「いえ、逆です」

篠崎は表情を曇らせて続けた。

「結婚した当初から、母は綾子には辛く当たっていました。私をとられたと思ったのでしょう。そのことも離婚の原因のひとつでした。ところが、いざ自分が胃癌で手術となったとき、最後にひと目綾子に会って詫びたいと言いだしたんです。綾子に辛く当たった報いだと思ったんじゃないですか」

「そういうことでしたか」

「京王プラザで会ってから、タクシーで病院に行きました。母は涙を流して喜んでいました。おかげで、手術も成功し、いまは退院しています。ただ、綾子が死んだことでショックを受けていましたが」

「そうですか」

京介は頷いてから、

「綾子さんは事件の当日、朝から出かけているのですが、どこへ行ったのか心当たりはありませんか」

「いえ。病院に行ったあとは会っていませんから」

「綾子さんに、つきあっている男性がいたかどうか、ご存じではありませんか」

「そんな話はしていませんが、彼女は不倫をするような女性ではありませんよ。六年前、彼女は私と正式に離婚してから誠さんと深い関係になったと思いますよ。好きな男が出来たら、はっきり誠さんに話すんじゃないですか。ひとに隠れてこそこそするような女じゃないですから」

篠崎はしんみり話した。

篠崎は二年前に再婚し、事件当夜は板橋の自宅にいたことが確認されている。そのことを疑うまでもなく、篠崎が綾子殺しの犯人だとは考えにくかった。

翌々日真菜から電話が入った。

「八尾まで行ってきました」

「ごくろうさまでした」

「やはり、綾子さんは来ていなかったそうです」

「そうですか」

「お墓参りだけして帰ったのかと考えたのですけど。親戚の方が三月のお彼岸にお墓に行ったとき、お参りした形跡はなかったそうです。それから事件の日も」

「いったい、どこに行ったのか」

京介は呟いた。

「そのことが何か重要なのでしょうか」

「わかりません。ただ、我々の知らない人物と会っていたとしたら、そのひとから何か新たな情報を得られるかもしれませんので」

それどころか、真犯人の可能性だってあるのだ。だが、そのことは軽々しく口に出来ない。

「鶴見先生」

真菜が少し声を改めた。

「今度の金曜日、兄に面会に行こうと思っています」

「そうですか。お待ちしています」

「今度は一泊するつもりです」

「えっ、ほんとうですか。では……」

夕食をいっしょにという言葉が喉元まで出かかった。

「お泊まりはどちらに？」

「『秋葉原セントラルホテル』です。着いたら、連絡いたします」

「ええ、待っています」

京介は弾んだ声で応じた。

「では、失礼します」

真菜の声の余韻を楽しむよう、京介は目を閉じたが、すぐに誠の顔が蘇ってきた。

いまも誠は拘置所で、綾子を死に追いやったという自責の念と悲しみとで、のたうちまわるほどの苦痛を味わっている。

その苦痛を取り除いてやる手立てがあるのだろうか。裁判で誠の無罪を勝ち取ることと同時に、自らに下した有罪宣告からも彼を救ってやらねばならない。

ふたつの難敵に立ち向かうことに、京介は改めて身を奮い立たせた。

## 3

虎ノ門の事務所に検察官からの証明予定事実記載書が届いた。そこには検察官が裁判で証明しようとする犯罪事実が記載されている。

そして、この犯罪事実を証明するための証拠書類と証拠物、証人の氏名及び住所、証人が公判期日において供述すると思われる内容が開示された。

さっそく京介は検察庁に行き、必要な証拠書類を閲覧した。

検察側は手持ちの資料をすべて証拠として開示するわけではなく、犯罪事実の証明に必要なものを提出しているに過ぎない。検察官が示さない捜査資料の中には、弁護人にとっては必要なものもある。

検察官開示資料の中に、実況検分調書や鑑識結果の報告書があったが、京介が欲していた内容は含まれていなかった。

そこで、京介は事務所に帰ってから「現場の室内の壁やテーブルなどの指紋検出の結果がわかる資料をお願いします」という内容のファックスを検察庁に送った。

凶器の包丁から被告人の指紋のみを採取とある。誠の指紋しか採取されなかったのはどういうわけか。さらに室内の他の場所から採取されたはずの指紋の記載もない。

翌朝、京介は拘置所に向かった。

接見室で待っていると、津村誠が入ってきた。

「公判前整理手続がはじまります」

京介は切り出した。

「公判前整理……？」

「ええ。裁判官、検察官、弁護人で話し合いをし、裁判が迅速に進むように事前に争点や証拠の整理などを行なうことです。まず、検察官が証明予定事実記載書を送付することからはじまります。これが、その証明予定事実記載書です」

京介は書類を見せてから、

「ここには、午前一時頃に帰宅した被告人が妻綾子との別れ話のもつれから無理心中を図り、台所にあった包丁で綾子の喉と腹部を刺して殺害したということが書かれてあります」

誠は息を呑んだようだ。

「これに対して、我々は犯罪事実はない、つまり犯行を否認します。よろしいですね」

「はい」

厳しい顔で、誠は頷いた。

「検察側が開示した証拠のうち、あなたが午前零時四十分着の電車を下りたことを証明するための野方駅の駅員の供述書、綾子さんを午前零時五十分にマンション前で下ろしたというタクシー運転士の供述書は事実であり同意をいたします。問題は、隣室の主婦須崎陽子さんの供述書です。午前一時にドアチャイムが鳴ったという事実が抜け落ちています」

関係ない事柄だとして削ったのか、それともあえて無視したのか。このことは看過できない。

公判前整理手続に備えて、誠と十分に打ち合わせをしてから、京介は拘置所をあとにした。

誠は公判に対して真摯に向き合っているが、綾子を死に追いやったという自責の念を抱えたままだ。綾子の死に対して自らに下した有罪宣告を取り消す気配はまったくなかった。

金曜日、夕方。京介は『秋葉原セントラルホテル』に向かった。昼過ぎに、真菜から東京駅に着いたという電話があり、誠との面会後の六時にホテルのロビーで待ち合わせることにしたのだ。

ロビーに着くと、すでに真菜が待っていた。

「お待たせしました」

「いえ」

「喫茶室に入りますか。もし、よろしければ、お食事でも」

京介は誘った。

「そうですね。お食事をしましょうか」

「ええ」

このホテルの二階に、ステーキの店があり、そこに入った。

薄暗い照明で、通りに面した窓際のテーブルに案内された。ビールを頼み、ディナーのコースを注文した。

ビールで乾杯したあと、真菜が少し眉を寄せた。

「兄に面会してきました。やっぱり、綾子さんがいなくなったことで、だいぶ気落ちしているみたいですね」

「ええ。時が悲しみを薄めていってくれるといいのですが」

京介もしんみり言う。

「兄は純粋な人間ですから、ほんとうに綾子さん一筋だったんですね。改めて、そう思いました」

「今は、ご自分の裁判のことに集中して欲しいと思っています。裁判がはじまれば、他のことを考える余裕はなくなると思います」

「そうですね。そうやって、だんだん綾子さんへの自責の念が薄らいでいってくれればいいのですが」

「だいじょうぶですよ」

「それより、裁判のほうはどうなんでしょうか」

サラダが運ばれてきて、京介は開きかけた口を閉ざした。

「誠さんが犯人ではないと主張出来る幾つかの矛盾点を見つけましたが、やはり、真犯人の目星をつけたいと思っているのです。そのために、綾子さんが誰と会っていたのか、そのことを知りたいのですが……」

心配そうな表情の真菜を力づけるように、

「でも、絶対に見つけてみせます。必ず見つかるはずです」

「兄のために。ありがとうございます」

「これが私の仕事ですから」

「でも、国選弁護人って報酬が安いんでしょう。そう聞きました」

「お金の問題ではありません。真実のために、社会正義のために……」

思わず力んだことに気づいて、京介は照れ笑いを浮かべ、

「すみません。青臭いことを言って」

「いえ、素敵だわ」

「えっ？」

京介はどぎまぎした。

「鶴見さんは最初から弁護士になりたかったんですか」

真菜がサラダに手をつけながらきいた。

「いえ」

「そうなんですか」

残ったビールをいっきに喉に流し込んでから、京介は口を開いた。

「私は札幌の出身なんです。中学、高校といじめに遭っていました。そんなとき、あるひとの講演を聞いたんです。講演の内容は寛恕《かんじょ》の気持ちを強く説いたものでした。辞書には、寛恕とは心が広くておもいやりのあること。また、寛大に許すこととあります。その寛恕の言葉を心に秘めるようになってから、いじめが怖くなくなったのです。かえって、いじめは自分を成長させてくれる糧になると思うようになったんです。すると、不思議なことにいじめが止んだのです」

「そうだったんですか」

「弁護士になろうと思ったのはそれからです。無実のひとを救う。それが弁護士としての自分の役割であり、義務だと思っているのです」

「素晴らしいですわ」

真菜は感銘を受けたように顔を紅潮させた。

京介は大学四年のときに司法試験に合格し、現在は虎ノ門にある柏田四郎法律事務所で居候弁護士をしていると説明した。

「先生みたいなひとに巡り合えてよかったわ。兄が国選弁護人を選んだから先生に巡り合えたんですね。じつは、父に弁護士さんを雇ってって頼んだんです。でも、父はあんな奴とは親でもなければ子でもない。あんな情けない奴に弁護人なんかつける必要がないって」

「お父さんは誠さんが犯人だと思い込んでいるのですね」

「はい。父に、兄さんは無実だと訴えているのですが、聞く耳を持ちません」

「誠さんの気持ちを軽くするためにも、お父さんに誠さんが無実であることをわかってもらう必要があるかもしれませんね」

父親との確執がなくなれば、誠の気持ちに変化が生じるかもしれない。綾子亡きあと、誠を救えるのは親かもしれない。特に、確執があった父親だ。

「一度、お父さんに会いに行ってみます」

「でも、父は大阪ですよ」

「ええ、時間を見つけて大阪に行きます」

京介は本気で父親と会うことを考えていた。

一週間後。京介は東京地裁の小会議室に入った。きょうは第一回の公判前整理手続期日であった。

時間よりだいぶ早く来たので、まだ誰も来ていない。窓辺に立ち、眼下に通る車の流れを見ていると、ドアが開いて郷田《ごうだ》検事が入ってきた。

京介は窓辺から離れた。

「また、あなたと対決するようになるとは、よくよくの因縁ですね」

郷田は四十六歳。髪はオールバックで、ストライプの入った濃紺のスーツで身を包んでいる。鋭い眼光に自信に満ちた口許。

「はい。お手柔らかにお願いいたします」

裁判長とふたりの陪席裁判官、それに裁判所書記官がやってきて、テーブルをはさんで向かい合った。

「本日はごくろうさまです」

裁判長が郷田と京介に声をかけた。

この公判前整理手続の段階で、大まかな裁判の流れが決まり、その後はよほどの理由がない限り、新たな証拠申請は出来ないので、極めて重要な手続きである。ただ、検察官の手持ちの証拠を開示させることが出来る、つまり相手の手の内をある程度知ることが出来るので防御の態勢はとりやすい。だが、逆に弁護側も弁護の内容と証拠を知らせることになり、こちらの手の内も晒すことになる。

「弁護人は証明予定事実記載書に記載されていることに対して、どう思いますか」

裁判長が京介に顔を向けた。

「被告人は無罪です。殺人の行為について否認いたします」

京介は少し小さな声で答えた。ちんまりとした青白い顔なので、他人から見れば、自信のなさの表れのように映るかもしれない。だが、京介と何度かやり合ってきた郷田検事は緊張した顔つきになった。

被告人が否認に転じたことを意外に思ったようだった。なにしろ、津村誠の供述調書では犯行を自白しているのだ。

「被告人は津村綾子を殺していないというのですね」

裁判長も戸惑い気味に確かめた。

「はい。被告人が帰宅したとき、すでに津村綾子は死んでいたのです。被告人は殺してはいません」

京介ははっきり言った。

「それは弁護人の考えですか。被告人もそのように主張しているということですか」

「被告人の津村誠は取調べ時に自白をしております。が、これは愛する妻を失った悲しみや絶望感から自暴自棄になってのことでありました。いまは、本人もはっきり否認をしております。また、弁護人も無実と確信しています」

郷田検事が微かに口許を歪めたのがわかった。

「では、被告人津村誠が妻綾子を殺したか否か、が争点ということですね」

裁判長が郷田検事に確かめるようにきいた。

「はい。津村誠が殺したことは間違いなく、公判で明らかにしたいと思います」

郷田は余裕を持って答えた。

次に証拠の開示に移った。

「現場の指紋採取の詳細な内容の資料をお願いしたのですが」

京介は、ドアノブや電灯のスイッチからの指紋採取の結果が盛られた資料がないことに不満を持った。

「その件ですが、私の手元にもありません。それで、警察に照会したのですが、当然調べたが、玄関、リビングから第三者の指紋は採取されなかったというので、指紋の件の記載は省略したということです」

「どうしてですか。現場の指紋採取状況をそのまま報告すべきではないんですか」

「しかし、第三者の指紋は発見されなかったのは間違いありません。そのことは鑑定書に明記してありますから」

「いいえ、ドアノブと電灯のスイッチから、誰の指紋が採取されたかが問題なのです。もし、そこに……」

そこまで言いかけて、はっと気づいた。

まさか、警察が意図的に隠したということはないのか。こっちの意図を悟られないように、京介は引き下がった。

「わかりました。結構です」

現場を鑑識した鑑識課の責任者を証人尋問することにしたのだ。

その後、検察側提出の証拠について同意、不同意の判断をし、さらに検察側証人が示された。

そして、証人尋問に要する時間などを決めてから、裁判長が京介に言った。

「では、次回は被告人側の予定主張記載書を提出していただきます。どうでしょうか、十日後までに提出してくださいますか」

「わかりました」

予定主張記載書とは、弁護側が公判で弁護を主張する内容、つまり弁護人の予定主張を明示するものである。

検察側が証明予定事実記載書を提出し、争点となる犯罪事実をどのような証拠で証明していくかを開示するのと同様、弁護側も、弁論の内容を話し、どのような証拠で反論するか、示さなければならなかった。

裁判員裁判では、検察官の冒頭陳述に続き、弁護人の冒頭陳述も行なわれるのだ。

京介が裁判所から虎ノ門の事務所に戻ると、執務室に洲本が待っていた。

「お待たせいたしました」

「いえ、早く来すぎたのです」

洲本は事務員がいれたコーヒーを飲んでいた。

机に鞄を置いてから、京介は洲本とテーブルをはさんで向かい合った。

「わかりました。事件の夜の午前零時過ぎに、野方八丁目の居酒屋『田老』で客同士が喧嘩になり、店の者が交番に電話していました。駆けつけたのが小山巡査です」

「よく、見つけましたね」

「あの付近を聞き込んでいて、ようやく行き着いたんです。で、喧嘩はすぐに治まって、小山巡査はしばらくして引き上げました。交番に帰る途中に例の児童公園があります」

「すると、小山巡査が津村誠に声をかけた公算は強いですね」

「ええ。私は深夜の同じ時間帯に歩いてみましたが、暗い中であの児童公園のベンチの近くには街灯があり、ひとが座っていれば目につきます。当然、声をかけたと思いますね」

「なぜ、否定したのでしょうか」

「忘れたはずはありません」

「では、なぜ……」

「そこで、もうひとつの件です」

洲本が重大なことを話すように厳しい顔になった。

「ストーカー被害の相談を受け付けた警察官ですね。わかりましたか」

「ええ、苦労しましたが、やっとわかりました。小野寺昌人《おのでらまさと》という生活安全課の元警部補です」

「元？　どういうことですか。まさか、警察を辞めているとか」

「その通りです。一カ月前に依願退職となっています」

「辞めた理由は？」

「はっきりしません。昔の仲間を通じて署内の人間にコンタクトをとったんですが、突然のことだったので、誰も知らないようです」

「妙ですね。で、今、小野寺昌人は何をしているんですか」

「辞めてからずっとぶらぶらしていたようですが、最近になって、警備会社に就職したようです。先生」

洲本は他に聞いている人間はいないのに、声を潜めた。

「小山巡査の件と関係しているとは思いませんか。どうも、警察は小野寺昌人を隠そうとしています」

京介は指紋の件を思い出した。やはり、警察は何かを隠そうとしている。

「警察は犯人を知っているんじゃありませんか」

洲本の目が鈍く光った。

「小野寺昌人を調べてみる必要がありますね」

「ええ。小野寺が重大な鍵を握っていると思います」

洲本の穏やかな表情が厳しくなった。

綾子は妄想癖のある川瀬に恐怖を覚え、警察に相談しに行った。それを受けたのが中央署生活安全課の小野寺だ。

小野寺は綾子に興味を示し、積極的に対応した。川瀬にも会って説得したのかもしれない。だが、川瀬は聞き入れなかった……。

川瀬のアリバイの件を思い出した。

犯行時にアリバイがあるということで、警察は最初から川瀬を容疑者から外していた。だが、そのアリバイというのはあやふやなものだ。

あのとき、部屋にいた男は別人だった可能性もある。警察は誠の犯行と決めつけていたから、川瀬のアリバイの主張を疑いもしなかった。もし、部屋にいたのが別人だったら……。

高田馬場の川瀬のマンションに着いたのは七時過ぎだ。部屋に明かりが灯っている。

インターホンを鳴らしたが、なかなか応答がない。少し間を置いて、もう一度、鳴らした。今度はすぐに応答があった。

「はい」

「夜分、すみません。弁護士の鶴見です」

「今、開ける」

やがて、施錠が外れ、川瀬が顔を出した。

「失礼します」

京介は玄関に入った。

「なんですか、今度は？」

つっ立ったまま、川瀬がきいた。部屋に段ボール箱が幾つも梱包《こんぽう》されていた。

「引っ越しですか」

「実家に帰ることにしたんですよ」

「どちらですか」

「甲府ですよ」

「そうですか」

逃げるのではないか。

「で、なんですか」

「いえ、ただ。ちょっと確かめたいことがありましてね」

「確かめたいこと？」

「この部屋には、友達も遊びに来るのですか」

「友達？」

川瀬は口許を歪め、

「なぜ、そんなことを？」

と、きいた。

「いえ。特に深い理由はありません」

「俺、ひとを呼ぶの好きじゃないんですよ。だから、めったに呼ばないですよ」

「めったに？　じゃあ、たまには遊びに来ることもあるんですね」

「今まで一度しかありませんよ」

「あのときはいかがでしたか」

「あのとき？」

「事件の夜です」

「来ていません。でも、いったいなんのためにきくんですか。まさか、俺のアリバイを疑っている？」

「そういうわけではないんですが、あなたはテレビの音量がうるさいと隣家のご老人から苦情を言われたということでしたね。でも、ご老人とはインターホンで話しただけでお互い顔を合わせたわけではないんですね」

「なるほど。それで友達ですか」

川瀬はまた口許を歪めて、

「弁護士さんにとっちゃ残念でしょうが、部屋にいたのは俺だけだよ」

「もっと他に証明出来るものはありませんか」

川瀬は不機嫌になった。

「警察が信用してくれたんですよ。それで十分でしょう」

「警察は最初から被害者のご主人を疑っていました。だから、あなたのアリバイ調べもおざなりだったとしか思えないんです」

「…………」

川瀬が口を真一文字に閉ざした。

やがて、静かに、呟くように川瀬は言った。

「俺に親しい友達はいないんですよ」

川瀬の表情を見て、今の言葉はほんとうだと思った。やはり、部屋にいたのは川瀬本人だったのかもしれない。

京介は、新たな質問をした。

「綾子さんはストーカー被害のことで警察に相談に行っています。あなたのもとに、警察官がやってきたことはありますか」

「名前は知りませんが、四十ぐらいの刑事がやってきましたね」

「小野寺警部補です。で、その男に何度か会ったことがあるんですね」

「ありますよ。綾子さんのマンションの近くで何度か」

「何を言われたのですか」

「津村綾子さんに近づくな。これ以上、近づくと捕まえるって言うから、何もしていない人間を捕まえられるのかと言い合いになったことも……」

川瀬は、さらに続けた。

「あの男も綾子さんにいかれちまったんじゃないのか。俺を追い払っておいてから、彼女が帰ってくるのを待ち伏せしていたんだよ。汚い野郎だ」

この男の言葉にどこまで信憑性《しんぴょうせい》があるのか。全面的に信じては危ない。だが、小野寺の件は事実だ。川瀬の口から小野寺の名を引き出せれば、裁判は有利に展開するかもしれない。

「川瀬さん、お願いがあります。法廷で、今のことを証言していただけますか」

「法廷で?」

「綾子さんが殺された事件の真実を明らかにするためです。どうぞ、お願いいたします」

「あの亭主のためになんか、証言したくないな」

「綾子さんのためにですよ。あなただって、綾子さんを殺した犯人が憎いはずでしょう。綾子さんのためにも真実を明らかにしませんか。きっと、綾子さんも喜びますよ」

「うむ……」

「川瀬さん。きっと、あの世から綾子さんは見てますよ」

「綾子さん、喜ぶかな」

「お願いします」

「わかった。綾子さんのためなら証言しますよ」

4

その週の日曜日の午後二時前、京介は心斎橋駅を出て、御堂筋を日航ホテルに向かった。焼けつくような陽射しだ。

今朝、東京駅から新幹線『のぞみ』に乗り新大阪に着いた。真菜に連絡して、父親の亮吉に話を通してもらってあった。

ふたりと午後二時に、日航ホテルの喫茶室で待ち合わせることにした。

ホテルの喫茶室に入ると、すでに真菜と父親らしい男性が窓際の席にいた。京介は急いでふたりの前に立った。

「遅くなりました」

京介はまず詫びた。

「父です。お父さん、鶴見先生」

「誠が世話をかけています。父の亮吉です」

眼鏡をかけた細面の顔立ちは誠とそっくりだが、大きな目とややつり上がった口許に、頑固な性格を垣間見る気がした。だが今は、憔悴《しょうすい》の影が濃い。誠のことが相当堪《こた》えているのは間違いない。

「まあ、どうぞ」

亮吉は座るように言う。

「話とは何でしょうか」

亮吉が口を開いたとき、注文をとりにきたので、京介はアイスティーを頼んだ。さっき昼食をとったあと、コーヒーを飲んだばかりだ。

「誠さんは無実です。そのことをわかっていただきたくて参りました」

京介は切り出した。さらに、続けようとしたとき、亮吉が厳しい声で言った。

「あいつは五年前、親子の縁を切って出ていった男です。もう、私たちとは関係ありません」

さらに、亮吉は冷たく言い放った。

「親を捨て、家を捨てて出ていった者がどこで野垂れ死のうが関係ない。だが、このような形で、世間に迷惑をかけたことが許せない」

「誠さんには不運が重なったのです。誠さんが帰宅するほんの十数分前に、綾子さんは殺されたのです。別れ話が出ていたことで、警察は先入観から誠さんを犯人と決めつけてしまいました。真犯人は別にいます」

「しかし、誠は警察の取調べで、殺したことを認めたのではありませんか。女から別れ話を持ち出され、誠はうろたえ、自棄糞《やけくそ》になったんですよ。情けない男です。たかが、女ひとりのことで動揺しおって」

亮吉は口許を歪めて言い募る。

「女に頼ってしか生きていけない男だったんです。その女に冷たくされて逆上するなんて、情けない。おまけに自分で死ぬことも出来なかった。なぜ、死ななかった。そのことも腹立たしい限りだ」

自分の息子を激しい口調で非難しているが、亮吉の顔も苦しそうに歪んでいた。

「確かに、すっかりうろたえていました。ですが、誠さんは殺していません。逮捕された当初は否認をしていたのです。警察が信じてくれないことと綾子さんが死んだ悲しみとで自暴自棄になって、やってもいないのにやったと答えてしまったのです。今ははっきりと否認しています」

「あなたが入れ知恵をして、誠にやっていないと言わせたのではないですか」

「いえ。違います。私は誠さんの無実を確信しています」

亮吉はじっと京介の顔を睨み付けている。

「私は誠さんが心底綾子さんを愛していたと思っています。確かに、別れ話を持ち出され、かっとなって逆上したこともあったのは紛れもない事実だと思います。でも、本気で無理心中を図ろうとしたのではありません。そして、誠さんは最後には、自分は綾子さんを仕合せに出来ない。綾子さんのために別れてやろう。そう決意したんです。そんな誠さんが綾子さんを殺すはずがありません。もし殺したのだとしたら、必ず、あとを追っているはずです」

「ほんまに無実なのですか」

亮吉は真剣な眼差しできいた。

「はい。無実です。ただ、誠さんは綾子さんを失ってかなり精神的に落ち込んでいます。ぜひ、お父さまのお力で誠さんを立ち直らせてやっていただきたいのです」

「腑抜け者が立ち直るとは思えない」

「いえ、出来ます。お父さまが誠さんを信じていることがわかれば、必ず立ち直れると思います」

「………」

「どうか、一度、誠さんに面会に来てやっていただけませんか。そして、信じていると言ってやっていただきたいのです。そのひと言で、誠さんは立ち直る力を出せる。私はそう信じています」

「しかし、あんな情けない男を助けたところで、どうにもならんでしょう」

再び、亮吉は突き放すように言った。

「確かに、甘い考えで生きてきたように思えます。でも、誠さんは、最後に綾子さんと別れる決心をしたんです。新しい人生を歩みはじめようとしたのです。今回のことで、ずいぶん変わったと思います。どうか、誠さんを信じてやってください。誠さんを助けられるのはお父さまだけです」

京介は懸命に訴えた。

「お父さん」

真菜も口をはさんだ。

「兄さんはいま地獄の底にいるのよ。お父さんが手を差し伸べれば、きっと兄さんは這《は》い上がってくるわ」

「俺には、あいつが信じられん。小説ばっかり書いていて、必ず作家になると公言しておきながら、ちょっと躓《つまず》いたらすぐに諦めてしまう。女に食わせてもらっていて、何とも思わない。近所からはヒモのように思われてたそうやないか。そんな暮しをしてきた男に、いまさら何が出来るというんや」

亮吉は大きく溜め息をついて、

「鶴見先生。あいつは、私の店に迷惑をかけただけでなく、真菜にまで……」

「お父さんっ」

と、真菜がたしなめるように言う。

亮吉の話を聞いていて、何かが、京介の脳裏を駆け抜けた。

「鶴見先生。申し訳ありませんが、このへんで」

亮吉が話を切り上げようとする。そのとき、その正体がわかった。亮吉は最近の誠の様子を知っていた。真菜から聞いたのではない。真菜は知らないはずだ。では、亮吉は誰から聞いたのか。

「あなたは」

京介は切り出した。

「綾子さんと会ったことがあるのではありませんか。だから、誠さんの東京での様子を知っていたのですね」

「お父さん、そうなの?」

「三月九日に、綾子さんは誠さんに行き先を隠して、一泊で旅行に行きました。それから、事件のあった日も朝からどこかへ出かけました。あなたに会いに行ったのではありませんか」

「ここで会った」

ぽつりと、亮吉は言った。

「お父さん、綾子さんと会ったの？　どうして、黙ってたの？」

真菜は問い詰めるようにきいた。

「綾子さんからいきなり電話があった。今、大阪にいる。誠さんのことで大事な話があるので会って欲しいと」

亮吉は語りはじめた。

「それで、ここで待ち合わせたんや。ここは、誠とはじめて待ち合わせた場所だそうだ」

亮吉はグラスの水を口に含んでから、

「彼女は東京での五年間を正直に話してくれた。新人賞に三年目に予選落ちしてから書く気力も失い、部屋で何もせずぶらぶらしている。自分が働きに出た夜、パチンコをしに行っている。このままではだめになってしまう。彼女はそう言った。別れるから、誠さんを迎え入れてやってもらいたいということだった」

そうか。綾子に好きな男が出来たのではなく、誠のためを思ってのことだったのか。

京介は胸が熱くなった。

「だから、私は約束した。ちゃんと別れたら、誠を迎えると。彼女は安心して帰っていった。そして、事件の起こった日の昼間、再び大阪にやってきた。もう、ふたりの仲は元に戻らないので安心してくれと。一週間の内には、自分はマンションを出ていくから、誠のことをよろしく頼むと涙を流していた」

亮吉は辛そうに、頭を振った。

「その夜、綾子さんは殺されたんだ。彼女が殺されたと聞いて、私は誠が無理心中を図ったのだと思った。私は誠を許せないと思った。どうして、自分も死ななかったのだと」

「お父さん」

真菜が、俯いて肩先を震わせる亮吉に呼びかけた。

「お父さん。ぜひ、今の話を誠さんに聞かせてあげてください」

「わかりました」

亮吉が顔を上げ、はっきり返事をした。

ホテルを出たところで、船場の家に帰る亮吉と別れ、京介と真菜は御堂筋を道頓堀に向かった。

別れ話は、綾子が誠のためを思ってのことだったこと、父親が誠の無実を信じてくれたこと。京介には満足の行く結果だった。それが、心も足取りも軽くさせた。

御堂筋を真菜といっしょに歩く嬉しさを感じる。ただ、肌を焼け尽くすような陽射しには閉口した。出来るだけ陽の陰を歩くようにしても、汗は流れてくる。

「なんという暑さでしょうか」

京介は呆れたように言った。

「ほんとうに」

道頓堀に着いて、法善寺横丁に向かう。

せっかくここまで来たので、水掛不動さんにお参りしていきますと言うと、私もごいっしょしていいですかと、真菜が言ったのだ。

夜のほうが情緒があるが、また昼には違う趣があった。綾子とここで結婚の約束をしたようなものだと誠は言っていた。水掛不動に水をかけ、手を合わせる。

先にお参りを済ませた真菜と、来た道を戻りはじめた。

「ほんとうに鶴見先生には感謝しています」

真菜の声が喜びに満ちあふれているようで、京介もうれしかった。

「あとは、誠さんの無罪を勝ち取るだけです」

京介は意気込んで言った。

「じつは兄が逮捕されて、私たちのまわりは一変しました。父も得意先を何軒か失ったようです。母もあまり外に出なくなりました。私も……」

真菜が言いよどんだ。

「あなたも辛い目に遭ったんですね」

でも、きっと私が誠さんの無実を晴らしてみせます。京介はそう、内心で叫んだ。

道頓堀に出て、戎橋に向かう。

「私も、兄と同じような道を……」

ふいに、真菜が呟いた。

「同じような道？」

京介はきき返した。

「兄が逮捕されてから、彼の両親が態度を変えて……」

「彼？」

京介は耳を疑った。

「じつは婚約者がいるんです」

えっと、京介は耳を疑った。

「兄が逮捕されたあと、殺人者の妹との結婚は許さないと言いだして。彼は、そんな親とは絶縁してでもいっしょになると言ってくれたんです。でも、やっぱり、親の反対を押し切ってというのは……」

京介は淡い期待が消えていくのを感じた。

「でも、先生のおかげで希望が出てきました。兄が無罪になれば、彼の両親も……」

彼女の声が遠くに聞こえる。

「……きっと、お兄さんを無罪にします」

そう言ったつもりだった。彼女に聞こえたかどうか。

「これから彼と会うのですが、よろしければ、ごいっしょしていただけませんか。鶴見先生のことを話したら、ぜひお会いしたいと言っていたんです」

「いえ、これから、すぐに東京に帰りませんと。お父さまの証人喚問の手続きをしないといけませんので」

「そうですか」

彼女は残念そうだった。

肌をいたぶる猛暑に息苦しさを感じはじめた。

その後、どういう会話をして真菜と別れ、どういう路を辿って新大阪までやってきたのか、まったく記憶が飛んでいる。

気がつくと、京介は新幹線に乗っていて、車窓には東寺の五重塔が見えた。

ひとり相撲をとっていた自分が恥ずかしかった。だが、京都を発車し、名古屋を過ぎ、大阪から遠ざかるに従い、気持ちも落ち着いてきた。

これで雑念にとらわれず、裁判に集中出来る。京介はそう思おうとした。

綾子に好きな男が出来たわけではなかった。誠のためを思い、自ら身を引こうとしたのだ。また、誠も彼女の仕合せを考え、別れることを決意した。

そんな中で起きた事件だ。

疑いの目は川瀬勝彦に向かわざるを得ない。彼に完璧なアリバイがあるわけではない。その一方で、小野寺昌人という元警部補のことも引っかかる。なぜ、彼は事件後に警察を辞めたのか。

川瀬の話がどこまで信用出来るかわからないが、川瀬は『宝マンション』の近くで、何度か小野寺と出会ったらしい。

ストーカー行為を働く川瀬への警戒というより、小野寺自身が綾子へのストーカーになっていた可能性もある。

事件の夜、小野寺はマンションの前で綾子の帰りを待っていた。だが、マンションの部屋の明かりが点いていない。部屋が真っ暗なことで、小野寺は誠が留守だということを知った。

そして、午前零時五十分ごろ、タクシーで綾子が帰ってきた。綾子が部屋に入ったあと、小野寺は部屋の前に行き、ドアチャイムを鳴らした。綾子は誠が帰ったと思い、ドアを開けたのだ。そこで、小野寺は綾子に迫った。綾子は拒否する。

早く帰らないと大声でひとを呼ぶ。綾子はそう言った。逆上した小野寺は食器かごに置いていた包丁を摑んで綾子に襲いかかった。

そのようなストーリーも組み立てられる。これは川瀬が犯人だったとしても成り立つのだが。

しかし、事件後、小野寺は警察を辞めている。その理由は何なのだ。なぜ、小野寺は警察を辞めたのか。

京介は推理を働かせる。

警察は事件を誠の無理心中と断じ、誠を逮捕した。だが、その後、誠に有利な材料が出てきた。

まず、児童公園のベンチでしばらく休んでいたという訴えが、交番の小山巡査の証言で事実とわかった。

そして、綾子からのストーカーの相談に乗っていた小野寺昌人警部補の挙動に不審を抱き、秘密裏に捜査をし、アリバイがないことも判明。あるいは、現場近くで、目撃されていたのかもしれない。

警察は小野寺を問い詰めた。そして、小野寺は犯行を認めたのだ。誤認逮捕、さらに警察官が真犯人だったという不祥事。警視庁幹部は震え上がった。ここ数年、ストーカー殺人が多発し、警察の対応の怠慢が指摘されている。そのようなときに、警察官自身がストーカー殺人を犯した。警察の信頼を失墜させる重大事だ。あとに引けない状況の下で、小野寺の犯行を隠さねばならなかったのではないか。

まだ、はっきりした証拠があるわけではないが、この推測に間違いない。京介は、そう思った。

だから、小山巡査にも圧力をかけたのだ。

警察は証拠を捏造《ねつぞう》している。その警察の陰謀を突き破るのは至難の業だ。京介は慄然《りつぜん》とした。

新幹線は三島を通過していた。

大阪から帰った翌日、京介は洲本と共にＪＲ新小岩駅の裏手にある焼鳥屋に入った。それほど大きな店ではない。

七人ほど座れるカウンターにテーブル席が三つ。カウンターの入口近くで焼酎を呑んでいる男の背中を見ながら、京介と洲本は空いていた一番奥のテーブルに向かった。

「あの男が小野寺ですか」

京介はきいた。

「そうです。ほとんど毎日、会社が終わったあと、ここで呑んでいるようです」

野方中央署生活安全課の小野寺昌人元警部補だ。今は、『キャピタル警備』という警備保障会社で働いている。

「家族は？」

「三年前に離婚しています。ふたりいた子どもは母親に引き取られています」

京介と洲本は焼鳥の盛り合わせを頼み、ビールを呑みながら小野寺を観察した。

「何かに悩んでいるようですね。横顔がとても辛そうです」

ここから小野寺の横顔が見える。小野寺は眼鏡をかけて生真面目そうな顔だ。丸めた背中にも苦悩が見てとれる。警察を辞め、鬱々とした毎日を送っているのではないか。

しかし、これは先入観のせいだろうか。

小野寺の犯行だという証拠はない。あくまでも可能性だ。仮に、現場の室内に小野寺の指紋が残っていたとしても、警察は証拠を握りつぶしているはずだ。

「彼の良心に訴えるしかないでしょうか」

京介は焦りを覚えた。

一時間ほどで、小野寺が引き上げた。

京介もすぐに会計をして外に出た。

「こっちです」

洲本が横断歩道の手前で呼んだ。小野寺を追って、洲本は先に外に出ていた。

小野寺は横断歩道を渡っていく。青信号が点滅しはじめたので、ふたりは駆け足になった。小野寺はガード沿いの道に入った。

「アパートに帰るようです」

洲本はすでにアパートの場所も調べてあった。

「どうしますか」

「会ってみます。反応を確かめます」

京介は気負って言った。

「わかりました」

洲本は小野寺の後ろ姿を目で追ったが、小野寺の姿は暗がりに消えている。

「あの辺りがアパートです」

歩きながら、洲本は言った。

やがて、駐車場の隣に二階建てのアパートが現れた。道路側に外廊下が面して、部屋のドアが五つ並んでいた。

「二階の奥です」

洲本は外階段を上がった。京介も続く。

小野寺の部屋の前に立った。夜九時になる頃だ。

洲本がドアチャイムを鳴らした。少し間があって、ドアが開いた。小野寺が顔を出した。眼鏡の奥の目に一瞬怯《おび》えの色が生まれた。京介の胸のバッジに気づいたようだ。

「なんですか」

小野寺は警戒気味にきいた。

「私は津村誠さんの弁護人の鶴見と申します。少し、お話を伺わせていただきたいのです。お願いします」

「話すようなことなど、ありませんよ」

小野寺は洲本に目をやる。

「私は鶴見弁護士のお手伝いをしているものです。私も警察にいた人間なんです」

洲本は素性を明かした。

はっとした表情になって、小野寺は、

「すみません。もう、寝るところなので」

と、強引にドアを閉めようとした。

「待ってください。あなたは、どうして警察を辞めたのですか」

ドアを押さえて、洲本がきいた。

「津村誠さんは今、無実の罪で勾留されているのです。ぜひ、お話を」

京介も食い下がる。

「警察を辞めたのは個人的な理由からですよ。私は事件とは関係ありませんから」

「あなたは被害者の津村綾子さんから、ストーカー被害の相談を受けておられましたね。そのことについてお話をおききしたいのです」

「それだけのことで、話すことは何もありません」

小野寺は強引にドアを閉め、施錠する音がした。

「小野寺さん。また出直します」

京介は大声で言った。

中から何の反応もなかった。

洲本と顔を見合わせ、京介は部屋の前を離れた。

階段を下り、通りに出てから、洲本が言った。

「ずいぶん、警戒していますね。やはり、疚《やま》しいことがあるからでしょうか」

「ええ。でも、あの様子では、良心に訴えることは難しそうですね」

京介は重たい気分になった。証拠がないので、とぼけられたらどうしようもない。

「裁判所に呼び出してもらうしかありません。証人として」

法廷で尋問しても正直には話さないだろう。小野寺を追い詰める何かが欲しい。

「洲本さん。小野寺についてもっと調べてもらえますか。何か出てくるかもしれません」

「わかりました。まず、警察を辞めた理由から調べてみます」

「お願いします」

証拠がなければ、小野寺を真犯人だと告発することは出来ない。仮に告発しても、警察が捜査をするはずはない。

警察は身内を庇《かば》うために証拠隠しをしている。そんな相手と闘わねばならないのだ。勝ち目があるだろうか。ふと、京介は弱気になりかけた。

数日後。第二回公判前整理手続期日になった。

すでに京介は、弁護側の冒頭陳述というべき予定主張を提出していた。

弁護側が証明しようという事実、誠が自動販売機で缶コーヒーを買い求めて休んでいた際に巡査に声をかけられたこと、部屋に入ったときにはすでに綾子が殺されていたことなどを記載した。

そして、そのことを証明するために召喚する証人を列記してある。

1、警視庁鑑識課、寺井英郎警部

2、野方七丁目交番、小山淳《じゅん》巡査
3、現無職、川瀬勝彦
4、繊維問屋社長、津村亮吉
5、『キャピタル警備』勤務、元野方中央署生活安全課警部補、小野寺昌人

「寺井英郎警部と小山巡査はわかりますが、川瀬勝彦と小野寺昌人の両名を呼ぶというのは、どういう趣旨でしょうか」

郷田検事が不審顔できいた。

「川瀬勝彦は被害者にストーカーを働いていた男です。小野寺昌人は事件直後まで、野方中央署の生活安全課に所属し、被害者の津村綾子からストーカーの相談を受けた刑事です。つまり、被害者がストーカーの被害に遭っていた事実を立証したいのです」

「ストーカー被害に遭っていたことが、被告人の弁護に重要なことですか」

裁判長がきいた。

「はい。弁護人は被告人を無罪だと思っています。つまり、真犯人は他にいます。被害者がストーカーに遭っていたことは無視出来ません。真実を知る意味でも、ストーカー被害を受けていた事実を知る人物から話を聞く必要があります」

裁判長は陪席裁判官と相談してから、

「わかりました」

その後、二回の公判前整理手続が行なわれ、検察側、弁護側の証人尋問の順序と尋問時間などが決められ、いよいよ初公判の期日が決定した。

# 第四章　裁き

## 1

平成二十五年九月二日。東京地裁で津村誠の裁判がはじまった。

傍聴席に、誠の妹の真菜が座っている。隣にいる若い男は婚約者かもしれない。京介の前の被告人席にいる誠は、やや俯きかげんに足元に目をやっていた。

すでに起訴状の朗読は済み、罪状認否で被告人津村誠は津村綾子殺害を否認し、鶴見京介もまた無実を主張した。

「それでは検察官、冒頭陳述を」

裁判長に促され、郷田検事はゆっくりと立ち上がり、冒頭陳述を読み上げた。

「被告人の経歴。被告人津村誠は昭和五十八年七月十日に、大阪市中央区淡路町、繊維業津村亮吉の長男として生まれ……」

検察官の声を聞きながら、京介は誠の父親に会いに行ったときの、焼けつくような大阪の町を思い出した。

大阪市中央区淡路町は船場地区である。繊維問屋の長男として生まれながら、誠は小説家を目指し、やがて綾子と運命的な出会いをしたのだ。

「被告人は毎年応募していた小説の新人賞に予選落ちするに及んで自信を喪失し、小説家になる夢を諦めたものの、仕事に就こうともせず、相変わらず被害者の働きに頼り、毎日自堕落な生活を送るようになっていました。このため被告人を見限った被害者に別れ話を持ち出された。被害者に捨てられたら生きていく術《すべ》もなく、また被害者に未練を持っている被告人は別れるくらいなら、相手を殺して自分も死ぬしかないと思うようになっていったのです」

裁判官の両脇に並ぶ裁判員もじっと郷田検事の声に聞き入っている。

「次に殺人に関する事実です。被告人は事件前日、すなわち四月九日むしゃくしゃした気持ちを紛らすために新宿歌舞伎町の居酒屋で酒を呑み、十日、午前零時四十分に野方駅に帰り着き、歩いて十分ほどの自宅マンションに向かいました。被告人がマンションに帰ったとき、ちょうど被害者も帰宅したばかりでした。ふたりはそこで再び別れ話から口論になり、別れるという被害者の気持ちが変わらないと知ると、被告人は逆上し、台所から包丁を取り出し、被害者の腹を刺し、さらに喉にも……」

被告人席で誠は膝に置いた拳を握り締めている。

「悲鳴に驚いてマンションの住人が駆けつけると、被告人は自らドアを開けて、呆然としていたのであります。つまり、無理心中を図ったものの、自分は死ぬことに恐怖を覚えたのであります」

検察官の冒頭陳述のあとで、京介が弁護側の冒頭陳述を行なった。

「被告人は被害者から別れ話を持ち出され、当初はうろたえましたが、事件当夜、歌舞伎町の居酒屋で酒を呑みながら被害者との出会いから今日までのことを思い出していました。そして、午前零時四十分に野方駅に着きました。自宅に向かいましたが、途中、喉が渇き、野方七丁目の児童公園の脇にある自動販売機で缶コーヒーを買い求め、公園のベンチで休んでいました。そこで、やはり自分がいたのでは被害者は仕合せになれないと考えるようになり、被害者の申し出を受け入れ、別れようと心に決めたのです。そしてたまたま公園に入ってきた巡査に注意をされ、立ち上がり、マンションに帰ったのです。そのとき、午前一時二十分ごろでした。マンションに帰り着くと、部屋は暗く、やはり被害者は帰っていないものと思いながらドアの鍵を開けようとしたら、鍵はかかっていなかったのです。不審に思いながら、部屋に入り、壁のスイッチを押して電気を点けたところ、被害者が倒れているのを発見し、あわてて駆け寄り抱き起こしました。そして、すでに死んでいるとわかって絶叫したのです。そばに落ちていた包丁を無意識のうちに摑んだまま、駆けつけた住人に応えて、ドアを開けたのです。弁護人はこのことを、本法廷で立証していきたいと思っております」

京介は冒頭陳述を終えて、着席した。

「本裁判の争点は、検察官が主張するように、被告人が妻綾子を殺したのか、あるいは弁護人が主張するように、被告人が帰宅したとき、すでに殺されていたのか、という点になります」

裁判長は裁判員に裁判のポイントを説明し、

「二十分の休憩のあと、三時から検察側提出の証拠調べ、そして検察側の証人である隣室の主婦須崎陽子さんの証人尋問を行ないます」

と、告げてから立ち上がった。


証言台に須崎陽子が緊張した面持ちで立った。化粧をし、美容院に行ったのか髪がきれいに整っていた。

型通りの人定尋問から宣誓書の朗読、そして、裁判長は偽証の罪、証言拒否権のあることを証人に告げてから、腰掛けるように言った。

「では、検察官。どうぞ」

裁判長の声に、郷田検事は立ち上がった。自信に満ちた態度だ。

証人が被告人の部屋の隣に住んでいることを改めて確認してから、郷田検事は口を開いた。

「事件の夜のことをお聞かせください。その日、あなたは何時ごろ、お休みになりましたか」

「十一時ごろです」

「夜中に目覚めましたか」

「はい。トイレに行きました」

「何時ごろでしょうか」

「午前一時になるところでした」

「なぜ、時間がわかったのですか。時計を見たのですか。いつも、そうするのですか」

「いえ。トイレから出たとき、津村さんの家のドアチャイムが鳴ったのです。こんな時間に隣に誰か訪ねてきたのか不思議に思って、時計を見ました」

「なるほど。その後、すぐ眠ったのですか」

「布団に入ったのですが、隣室の話し声が気になって、寝つけませんでした」

須崎陽子はだんだん緊張がほぐれてきたようだ。

「隣室の声は聞こえるのですか」

「いえ、普段は聞こえません。あのときは深夜ですし、かなり激しい口調だったので気になりました」

「激しい口調だったのですか」

「はい。内容は聞き取れませんが、何か言い合っているように思えました」

「言い合いですか。それはどのくらい続いたのでしょうか」

「五分か十分ぐらいだったように思います」

「そのあと、静かになったのですね」

「はい」

「それから、何がありましたか」

「隣も静かになったら、だんだん眠くなってきました。でも、寝入ったと思ったら悲鳴で飛び起きました」

「そのとき、時間を見ましたか」

「はい。一時半でした」

「それで、どうしましたか」

「主人も驚いて目を覚ましたので、いっしょに廊下に出てみました。すると、他の部屋の方も飛び出してきて、皆で津村さんの部屋の前に行きました。そして、ドアを叩いたら、中からドアが開いて……」

須崎陽子は声を呑んだ。

「どうしましたか」

「血のついた包丁を持った津村さんが、何か喚いていました」

「何を喚いていたのでしょうか」

「とても昂奮していて、よく聞き取れませんでした」

「あなたは何があったと思いましたか」

「とうとうやったのだと」

「とうとうやったとは何をですか」

「無理心中です」

「どうして、そう思ったのですか」

「津村さん夫婦は、奥さんが夜働いて、ご主人を食べさせていました。でも、最近、奥さんが別れ話を持ち出したようでした」

「どうして、別れ話が出ているとわかったのですか」

「以前からもめていましたから。一度、被告人が包丁をかざして、別れるくらいならおまえを殺して俺も死ぬと叫んでいたことがありました」

「そんなに夫婦仲は悪くなっていたのでしょうか」

「近所のひとも、奥さんに同情していました。奥さんに働かせて、自分は遊んでいるのですから。だから、他に男のひとが出来たとしても無理はないと思いました」

須崎陽子の非難に、誠は苦しそうに顔を歪めた。

郷田検事の主尋問が終わり、京介が反対尋問に立った。

「あなたはトイレに起きたとき、被告人の部屋のドアチャイムを聞いたそうですが、そのとき、あなたはどう思ったのですか」

「こんな時間に隣に誰が訪ねてきたのだろうと思いました」

「どうして、誰かが訪ねてきたのかと思ったのですか。住人が帰ったのだとは思わなかったのですか」

「住人なら、深夜にドアチャイムは鳴らしません。聞こえて迷惑ですから」

「以前、深夜に被告人の部屋のドアチャイムが鳴ったことがありましたか」

「いえ、ないです」

「すると、誰かが訪ねてきたとあなたが思ったように、実際に誰かが訪ねてきたとは考えられませんか」

「異議あり」

郷田検事が鋭い声を発した。

「弁護人は自分の考えを証人に押しつけています」

「異議を認めます。弁護人は質問の仕方を変えてください」

「わかりました」

京介は素直に引き下がった。

「ドアチャイムが鳴ったあと、言い合いがあったらしいということですが、今まで、夜中に被告人の部屋から言い合うような声を聞いたことはありますか」

「いえ。ありません」

「つまり、あなたの耳に届くような激しい言い合いは、夜中にはなかったのですね」

京介は裁判員に印象を持たせるようにくり返した。

「はい」

「夜中にドアチャイムが鳴ったのも、言い合いの声が聞こえたのも、事件の夜がはじめてだったということですね」

「そうです」

「あなたは、被害者の綾子さんに男のひとがいるようなことを言っていましたが、どうしてそう思われたのですか」

「被告人はヒモのような生活をしていました。奥さんだって、いい加減、いやになると思います」

「だから、男が出来たと?」

「いえ。何度か見かけましたから」

「何をですか」

「夜中に、男といっしょに帰ってきましたから」

「あなたは、その男が被害者といっしょにいるところを見たのですか」

「いいえ。同じ時間に帰ってきて、奥さんがマンションに入ったあと、男はマンションの前で見送っているだけでしたけど」

「あなたは、その男と被害者がいっしょにいるところを見てはいないのですね」

「ええ、いっしょのところは見ていませんけど、奥さんが部屋に入っても、ずっと見ていましたから」

「あなたは、被害者がストーカーの被害に遭っていたのを知っていますか」

「いいえ、知りません」

「もし、ストーカーのことを知っていたとしても、あなたはその男を被害者の好きな男だと思ったでしょうか」

「………」

「あなたはストーカー男を被害者の好きな男だと勘違いしたのではありませんか。終わります」

郷田検事が異議を申し立てる前に尋問を終えた。

次に証言台に立ったのは、綾子の友人の水谷寿美江である。

「あなたは、被告人と会ったことがありますか」

「何度かあります」

「もっとも最近会ったのはいつでしょうか」

「事件のあった昼間です」

「どこで会ったのですか」

「私のマンションに訪ねてきました」

「どうして訪ねてきたのですか」

「綾子さんが朝早く出かけたので、ひょっとして私のところではないかと思ったということでした」

「被害者は来ていたのですか」

「いえ、来ていません」

「なぜ、被告人はわざわざ被害者を探しに、あなたのところまで行ったのでしょうか」

「綾子さんに好きな男が出来たのではないかと疑っているようでした。他に好きな男が出来て別れたがっているのだと言ってました」

「あなたはなんと答えたのですか」

「綾子さんはそんな女じゃないって言いました」

「すると被告人はなんと？」

「私は彼女と別れたくありません。別れるくらいなら、彼女を殺して自分も死にますと言いました」

「終わります」

郷田検事は満足そうに頷いて着席した。

京介が反対尋問に立った。

「あなたは、被告人と何度か会ったそうですが、最初はどんな印象を持っていましたか」

「お人好しの気のいい男性だと思っていました」

「被害者と別れるくらいなら、彼女を殺して自分も死ぬと言ったということですが、被告人が本気でそのようなことを考えたと思いますか」

「はい。怖い目をしていましたから」

「なぜ、そのようなことをあなたに言ったのでしょうか」

「気が立っていたからかもしれません」

「気が立っていたから、ついあらぬことを口走ったということですか」

「いいえ、そんな感じではありませんでした。はっきり、言いましたから」

「本気で言ったのではなく、そういうことを言えば、あなたが綾子さんとの仲をとりなしてくれると期待したんじゃないでしょうか」

「異議あり」

郷田検事が厳しい声を発した。

「終わります」

京介は尋問を終えた。郷田が苦笑したのがわかった。

## 2

翌日、検察側証人の警視庁捜査一課、田辺和雄《たなべかずお》警部が証言台に立った。

「あなたが現場に駆けつけたのは何時ごろでしょうか」

「通報を受けて一時間後です。二時半でした」

「そのとき、被告人はどうしていましたか」

「それまで取り乱していたようですが、私が駆けつけたときは、寝室で虚《うつ》ろな目でぶつぶつ言っていました」

田辺はどことなく落ち着かぬ様子だった。

「ぶつぶつと？　どんなことを呟いていたのでしょうか」

「俺が悪いんだとか、ごめんとか、何か被害者に謝っているようでした」

「あなたは、その言葉を聞いてどう思いましたか」

「被害者への罪の意識がかなりあることから、犯行に関わっている可能性を疑い、おまえがやったのかと問いかけました」

田辺は抑揚のない声で言う。

「被告人は何と？」

「虚ろな目で首を横に振ってから頷いただけです」

「その時点で、犯人は被告人だと思ったのですか」

「いえ、疑わしいと思いましたが、まだ犯人と決めつけるのは早計だと思い、慎重に裏付け捜査をしました」

「で、裏付けがとれたのですね」

「はい」

「内容は？」

「被害者から別れ話が出ていたこと、被告人が、被害者を殺して自分も死ぬと無理心中を匂わせていたこと、事件当夜、被告人が野方駅の改札を出た時刻と、被害者がタクシーで帰宅した時間が同時刻であり、ふたりが相前後してマンションに帰り着いていることと、凶器の包丁から被告人の指紋だけで、第三者の指紋は採取されなかったことなどから、被告人の犯行に間違いないと考えました」

暗唱してきたことをいっきに喋っている。そんな感じがした。

「被告人は最初は犯行を否認していたのですか」

「いえ。確かに当初は否認していましたが、逮捕から一週間後に、自ら進んで罪を認める供述をしました」

「つまり、無理心中をするつもりで被害者を殺したが、怖くなって自分は死ねなかったということですか」

「そうです」

「それからは、ずっと犯行を認めていたのですね」

「そうです。ですから、起訴後に急に否認に転じたことが不可解でなりません。ただ」

「ただ、なんですか」

「被告人の性格かもしれないと思いました」

「被告人の性格とは？」

「相手を殺して自分も死ぬつもりだったのに、いざというときになって、急に怖くなってやめたことと同じかもしれません。起訴されてから、罪を問われることが急に怖くなって否認した」

「異議あり」

京介は手を上げた。

「いまの証人の証言は単に感想を述べたに過ぎません。記録から削除を願います」

「異議を認めます」

裁判長は答えたが、郷田は微かに微笑んで、尋問の終了を告げた。裁判員の印象に残れば成功だと思っているようだ。

「では、弁護人。反対尋問を」

裁判長の声に、京介は立ち上がった。

「被告人が野方駅の改札を出た時間と被害者がタクシーで帰った時間がほぼ同時刻ということから、午前一時ごろにはふたりはマンションの部屋にいたと判断したということですが、部屋で被害者といっしょだったのが被告人だという証拠は何かありますか」

「その証拠はありませんが、野方駅の改札を午前零時四十分ごろに出れば、一時にはマンションに着きます。当然、被害者と被告人がその時間はいっしょに部屋にいたと考えるのが妥当です」

「しかし、被告人は途中、児童公園の脇にある自動販売機で買った缶コーヒーを飲みながら、酔い醒ましにベンチで休んでいたと訴えています」

「それは被告人の作り話です。いくら喉が渇いたからといって、自宅近くまで来てそんなところで休むなんて考えられません。仮に、飲んだのが事実だとしても、その場で飲み終わったらすぐにマンションに向かったはずです」

田辺は額にうっすらと汗をかいている。

「被告人は被害者が帰ってこないような気がしていたのです。そんな部屋に帰りたくないという心理が働いたのです。そうは思いませんか」

「まあ、いいでしょう。ところで、午前一時ごろにチャイムが鳴ったのを隣室の住人が聞いていましたが、このチャイムは誰が鳴らしたのでしょうか」

「それは被告人です」

「どうして、そう思うのですか」

「先に被害者が帰ったあとに、被告人が帰ってきたのです。被告人は部屋の明かりを見て、被害者が帰っていることを知り、チャイムを鳴らしたのです」

「あなたは被害者がストーカーに遭っていたことをご存じですか」

「もちろん、その点も調べました。ですが、ストーカー男には犯行時のアリバイがありました。ですから、ストーカー男が部屋に押し入ることは不可能です」

「そのアリバイとは？」

「事件の夜の午前零時半ごろ、テレビの音量を上げて隣人から苦情を言われたのです。そのことは隣人が証明してくれました」

「その隣人は、ストーカー男の顔を見て苦情を言ったのですか」

「いえ」

「と、言いますと？」

「インターホン越しに苦情を言ったのです」

「思いません」

「つまり、顔を見ていないのですね。だったら、部屋の中にいたのがストーカー男だったかどうかわかりませんね」

「………」

「なぜ、もっとアリバイの追及をしなかったのですか」

「それは……」

「警察は最初から被告人が犯人だと決めつけて、捜査をしていたのではありませんか。だから、ストーカー男のアリバイを真剣に調べなかった？」

「いえ……」

「まあ、いいでしょう。では、ストーカーがもうひとりいた可能性は考えましたか」

「いえ。他にストーカーはいませんでしたから」

「どうして、そう言い切れるのですか」

「それは……」

田辺はまたも言いよどんだが、

「ストーカーが何人もいるはずありませんから」

と、苦し紛れのように言う。

「被害者がストーカーのことで、警察に相談していたことを知っていますか」

「知っています」

「相談を受けた警察官から、事情をききましたか」

「ええ。でも、そんな深刻な様子ではなかったようです」

「それは誰の判断ですか」

「相談を受けた警察官から聞きました」

「その警察官の名前を仰っていただけますか」

「異議あり」

郷田検事がいきなり声を発して立ち上がった。

「弁護人は本件と何ら関係ない話に言及しています。いたずらに、話を混乱させるだけです」

「裁判長」

京介はすかさず反論した。

「弁護人は、本事件にはストーカーの一件が深い関わりを持っていると考えております。この件は真相を解明する上で極めて重要であります」

裁判長は左右の陪席裁判員に確かめてから、顔を戻した。

「異議を却下します。弁護人は尋問を続けてください」

京介は一礼してから、改めて証人の田辺に向かった。

「もう一度お伺いいたします。被害者のストーカー相談を受けた警察官は誰ですか」

「野方中央署生活安全課の警察官です」

「名前は？」

田辺は郷田検事をちらっと見た。郷田は微かに頷いたように見えた。弁護側証人として召喚されることになっているので、隠しても仕方ないと思ったのであろうか。

「小野寺警部補です」

「小野寺警部補から、どのような報告を受けましたか」

「被害者からストーカー被害の相談を受けたが、それほど切迫しているようではないので、何かあったら警察に知らせるようにと言って帰したということでした」

「被害者は切迫していたので相談しに行ったのだと思いますが？」

「そのようには見えなかったということです」

「相談を受けたあと、小野寺警部補は何も行動を起こしていないということですか」

「そうです」

「相談を受けた際、小野寺警部補は被害者の名前、住所、そして家族構成などをきいたのでしょうか」

「そうだと思いますが……」

「小野寺警部補が事実を語っていると思いましたか」

「もちろんです」

京介は少し間を置いてから、

「凶器の包丁の件ですが、被告人の指紋以外、誰の指紋が採取されましたか」

「いえ、被告人の指紋だけです」

「包丁は被告人たちが日常で使っていたものですから、被告人と被害者の指紋が付着しているはずです。被害者の指紋はなかったのですか」

「そうです」

「おかしいとは思いませんか」

「いえ、思いません。いつも料理を作るのは被告人の役目であり、被害者は包丁を持たなかったのだと思いました」

「被害者がまったく包丁に触れなかったと言うのですか」

「はい」

「では、それ以外の包丁はどうでしょうか。被害者が日常では包丁を一切使わないのであれば、そちらの包丁にも指紋はついていないでしょうね。いかがでしたか」

「わかりません」

「わからないというのは？　他の包丁に被害者の指紋がついていたかどうかがわからないということですか」

「そうです」

「つまり、調べていないというのですね」

「はい」

「被害者が日常、包丁を持たないことを証明するなら、他の包丁を調べておくべきだったのではないですか」

「そこまでする必要がないと思いましたから」

「なぜですか。ストーカー被害を受けていた女性が殺されたのです。ストーカー殺人の疑いもあったはずです。だから、指紋の件は重大なはずです。つまり、ストーカー殺人だとしたら、犯人は犯行後、包丁の柄を拭き取った可能性が大きいのです。それで、被害者の指紋も消えてしまった。ところが、死体を発見した際、被告人は夢中で包丁を掴んでいた。ですから被告人の指紋だけが付着したのです。こう考えたほうが、まったく包丁に触れなかったから被害者の指紋は採取されなかったと考えるより、よほど合理的ではありませんか」

「ストーカー男には犯行が不可能だったのです。アリバイがあったのです。ですから、ストーカー殺人はあり得ないのです」

「しかし、最前も言いましたが、そのストーカー男のアリバイは、厳密には証明されていないんじゃないでしょうか」

「そんなことはないと思います」

「ストーカー男の部屋にいたのが別人だった可能性だってあります。そうなれば、アリバイは崩れるのです」

「………」

田辺は返答に窮している。

「ストーカーがもうひとりいた可能性は考えなかったのですか」

「あり得ません」

「どうしてですか。その根拠はなんですか」

「ストーカー被害の相談を受けた小野寺警部補の報告では、ストーカーはひとりだということでした」

「その報告が間違っていた可能性はありませんか」

「ありません」

「どうして、そう言い切れるのですか」

「小野寺警部補は誠実で生真面目で立派な警察官だからです」

「どうして、そう言えるのですか」

「かつていっしょに仕事をしたこともあり、よく知っています」

「そういう警察官は間違いを犯さないというのですか」

「そうです」

田辺は開き直ったように言った。

よほど、小野寺警部補が第二のストーカーだった可能性は、ときたかったが、なんの証拠もないことなので、口に出すことは出来ない。

「小野寺警部補は現在も野方中央署にいるのですか」

「わかりません」

「わからないというのは、どういうことですか」

「最近、会っていませんから」

「会っていなければ、まだ野方中央署にいると思うのではないですか」

「…………」

「小野寺警部補は事件発生の二カ月後、警察を辞めています。ご存じではありませんでしたか」

「知りません」

「あなたといっしょに仕事もし、また今回の事件でも縁があった。それなのに、小野寺警部補はあなたになんの挨拶もなく、警察を辞めていったというのですね」

「…………」

「なぜ、警察を辞めたのか、その理由に想像はつきませんか」

「わかりません」

「本事件と関係があるとは思いませんか」

「異議あり。弁護人は最前より、まったく本件と関係ないことを尋問し、いたずらに時間を浪費しています。また、ただ今の質問は証人に、弁護人の推測を押しつけるものです」

郷田検事は激しく申し立てた。

「最後の尋問は取り消します。ただし、小野寺警部補のことは本事件の真相を解明するためにも非常に重要なことであります。弁護人はあとで小野寺警部補の証人尋問を行なう予定ですが、証人が小野寺警部補をどのように見ていたか、弁護人として大いに興味があります」

「わかりました。尋問を続けてください」

渋い顔をしている郷田の顔が目に入った。

「先ほど、証人は小野寺警部補はストーカーに対して何の行動もとっていないと仰いましたね」

「そうです」

「しかし、ストーカー男と名指しされた男性は、小野寺警部補と何度か会ったことがあるそうです。その際、ストーカー行為のことで注意をされたそうです。あなたは、この話を聞いていませんか」

「聞いてません」

「小野寺警部補はストーカーの相談を受けたあとで、何らかの行動を起こしているんです。もし、証人がこのことを聞いていないのだとしたら、小野寺警部補はあなたに隠していたことになります。なぜ、小野寺警部補は隠さねばならなかったのでしょうか」

「わかりません」

「つまり、本事件の捜査にあたり、警察は事件全容を十分に把握しないまま、最初から被告人の無理心中事件という先入観から捜査に当たったのではないですか」

「そんなことはありません」

田辺警部の声は微かに震えを帯びていた。

「終わります」

京介は尋問を終えた。

その後、検察側証人として、綾子が勤めていたクラブのママや近所のパチンコ屋の店員、さらに誠の同人誌仲間が登場した。

みな、誠をヒモのような存在だと証言し、同人誌仲間は女に頼ってしか生きていけない人間だと言った。

彼らの言い分に対して、京介は反対尋問で押し返したので、裁判員たちに悪い印象を持たれるようなことはなかったと思うが、誠にとっては彼らの証言はかなり堪えたようだ。

特に、同人誌仲間の証言はまさに、誠を屑扱《くずあつか》いだった。

きょうの審理が終わり、裁判所の地下にある接見室で会うと、誠は憔悴した顔つきで言った。

「まさか、いっしょに小説を書いていた仲間が、私をあのように見ていたとは……」

「検察官に言わされた面もありますよ。犯人だと思い込まされた上でのことですから、気にしないでください。無実になったら、がらりと変わります。人間というのはそういうものですよ」

「でも、そう思われても仕方ありません」

誠は辛そうな表情をした。また、自分を責めている。

「いいですか。もう少しの辛抱です。明日から、こちら側の証人尋問がはじまります。気をしっかり持ってください」

「わかりました」

明日はまず、小山淳巡査の証人尋問だ。必ず、彼の嘘を暴いてやる。京介は知らず知らずのうちに神経が昂《たかぶ》ってきた。

夕方、地裁から虎ノ門の事務所に戻った。

しばらくして、洲本がやってきた。これから事務所に伺うという電話があってから三十分後だった。

「何かわかったのですか」

執務室に入ってきた洲本に待ちきれずにきいた。

「私の後輩が、野方中央署の交通課にいましてね。彼を食事に誘って、小野寺警部補のことをいろいろきいてみたんです」

洲本は話しだした。

「なぜ、小野寺が辞めたのか、その理由は誰もわからないそうです。ただ、その頃、塞ぎ込んでいたので、何かで悩んでいたようだと言ってました」

「やはり、悩んでいたのですね」

「ええ。そういう話をしているとき、急に彼が思い出したんです。そういえば、四月の末ごろ、小野寺が小山巡査と会っていたのを見たことを」

「小野寺が小山巡査に会っていた？　四月末というと、事件の二週間ぐらいあとのことですね」

「ええ、彼が言うには、小野寺のほうが若い小山巡査に頭を下げているようだったのが、印象に残ったということでした」

「場所は？」

「野方七丁目交番の脇だそうです。交番の中ではなく、外で会っていたことも不思議に思ったということでした」

「そうですか」

「偽証を頼んでいたんじゃないでしょうか」

「正確な日にちは覚えていないのでしょうか」

「四月二十七か八日ぐらいとしか。というのも、その二日間、交通違反の取締りのためにその交番に立ち寄ったそうなんです。そのどっちだったかは記憶にないそうです。時間は夕方だったということです」

「小山巡査の勤務表を調べればどちらの日かわかるかもしれませんね。いいことを教えていただきました。明日の尋問で、このことを小山巡査にぶつけてみます」

「ただ、小野寺の評判は悪くないんですよね」

洲本が少し不満そうに言った。

「地元の防犯協会の会長や商店会の役員をやっているひとたちに話をきいてみたのですが、悪く言うひとはひとりもいません」

「そうですか」

「まあ、人間は誰も二面性を持っていますからね」

「今、独身のようですが？」

「三年前に離婚し、ふたりいた子どもは母親のほうに引き取られたのは確かです。その寂しさからストーカーに走ったのかもしれませんね」

「洲本さん。元の奥さんに会ってみてくれませんか。どんな人間か、元奥さんのほうが裏の顔も知っているかもしれません」

「わかりました。外では善人面で、内では暴君という例はありますからね。では、私はこれで。明日の夕方、またお邪魔します」

「お願いします」

ひとりになってから、京介はふと法廷の様子を思い出した。裁判のことではない。傍聴席の真菜のことだ。

きのうは婚約者と並んでいたが、きょうは彼女ひとりだった。

兄が無罪になれば、彼の両親も結婚を許してくれる。彼女はそう言っていた。少し寂しい気もするが、真菜のためにもきっと誠の無罪を勝ち取ってやるのだと奮い立った。

3

裁判は三日目を迎えた。

裁判官に引き続き、裁判員が入廷してきた。

「それでは審理をはじめます。きょうから弁護側の証人尋問となります。最初は警視庁鑑識課の寺井英郎警部ですね。では、証言台のほうに」

すでに隅に座って待機していた寺井が立ち上がる。

証人に対する型通りの手続きが済み、裁判長に促され、京介は立ち上がった。

「あなたは、四月十日の深夜、事件現場に駆けつけ、鑑識作業の指揮をとったのですね」

「そうです」

寺井は緊張した声で答えた。

「現場では何をしたのでしょうか」

「主に資料採取です」

「資料と言いますと？」

「血痕、指紋、足跡、さらに毛髪などの遺留品の採取です」

「鑑定の結果はいかがでしたか」

「第三者の存在を窺わせる資料は発見出来ませんでした」

「凶器の包丁からは被告人の指紋しか採取されなかったのですか」

「そうです」

「被害者の指紋がないのは不自然だとは思いませんでしたか」

「その判断は私には出来ませんが、常に被告人だけが包丁を使っていたのではないかと推察されました」

「どうして被害者が包丁を使わないと言い切れるのですか」

「包丁に指紋がなかったからです」

「包丁に指紋がなかったのは、何者かが包丁の柄を拭き取ったからではないんですか」

「私にはわかりません」

寺井は答えを逃げている。

「その他の包丁はどうだったのでしょうか。捜査班の田辺警部は他の包丁の指紋は調べなかったと答えました。しかし、鑑識課としては当然調べていたのではありませんか。いかがですか」

「調べませんでした」

「なぜ、調べなかったのですか」

「凶器が特定されていたからです」

「しかし、その時点では凶器である蓋然性は高いというだけで、凶器と決まったわけではないんじゃないですか。捜査を攪乱《かくらん》するために、わざと関係ないものを凶器に偽装するということも考えられなくはありません。つまり、あらゆることに目を配って鑑識作業を行なうべきだったのではありませんか」

「必要ないと判断しました」

寺井は素っ気なく言う。

「では、扉の外のドアチャイムのボタンから、指紋は検出されましたか」

「いいえ、採取していませんでした」

「いいですか。午前一時ごろ、ドアチャイムが鳴っているんです。犯人が押したかもしれないのに、指紋の採取をしていないのですか」

「する必要がないと考えたのです」

「では、壁の電灯のスイッチはどうでしょうか。犯行後、犯人は電気を消して逃げたのです。スイッチには犯人の指紋が残っていた可能性があります。それなのに、採取しなかったのですか」

「はい。そこまでする必要はないと思いました」

平然と答える。

「ずいぶんとお粗末ではありませんか」

「そういう批判は甘んじて受けますが、現場の状況からは犯人がほぼわかっていましたので、その前提で作業をしたのです」

「あなたは鑑識の仕事をして、どのくらいになるのですか。あまりにもいいかげんではありませんか」

「異議あり」

郷田検事が異議を申し立てた。

「弁護人は証人の人格を貶めるような言い方をしています」

「異議を認めます。弁護人は質問の仕方に気をつけるように」

「わかりました」

京介は素直に引き下がってから、改めて寺井にきいた。

「証人の経歴からして、弁護人はあなたがそのような雑な鑑定作業をしたとは思っていません。ほんとうはそれ以外の包丁もドアチャイムのボタンも電灯のスイッチもすべて指紋の採取を行なっているのではありませんか」

「いえ、やっていません」

「指紋採取の結果は、被告人以外に犯人がいる可能性を示していた。だから、その証拠を隠蔽《いんぺい》したのではありませんか」

「異議あり」

「終わります」

京介は憤然として尋問を終えた。よくも堂々と偽証が出来るものだと呆れ返った。

郷田検事が反対尋問に立った。尋問というより、指紋採取をしなかった弁解を引き出したに過ぎない。

十五分間の休憩ののち、野方七丁目交番の小山巡査の証人尋問がはじまった。

裁判長に促され、小山巡査が証言台に向かった。クリーム色のズボンに花柄の開襟シャツ姿で、制服姿とだいぶ印象が違って見えた。

長身の小山巡査は、証言台の前に落ち着かぬ様子で立った。

京介は傍聴席を見た。今日も真菜が来ている。だが、京介が気にしたのは彼女ではない。小山の上司が来ていないかどうか、ということだ。

小山は上司から証言を抑えつけられている可能性がある。仮に小山が良心の呵責から勇気を持って真実を申し立てようとしても、背後に上司の監視の目があったら、萎縮してしまうかもしれない。

最前列に鬢《びん》に白髪が目立つ中年の男がいる。少し離れた席には頭髪の薄い四十絡みの男がいる。警察の人間かどうか、わからない。

氏名、職業などを訊ね、型通りに人定尋問が済んでから、

「では、まず宣誓書を朗読してください」

裁判長が言った。

廷吏が宣誓書を小山に渡す。廷吏の起立の声で、法廷内の全員が立ち上がる。

「宣誓。良心にしたがって、真実を述べ、何事も隠さず、偽りを述べないことを誓いま

す。証人、小山淳」

宣誓書を持つ手が震えているのがわかった。嘘をついているという負い目のせいか。

「宣誓書に署名、捺印をしてください」

裁判長に言われ、小山はポケットから印鑑を取り出した。

「尋問に先立って注意いたします。ただ今、朗読したのは嘘を言わないという誓いの書面です。証人が故意に嘘の証言をしますと、それが嘘とわかった場合、偽証罪として処罰されることがあります。ただ、真実の証言をすることによって、証人自身や証人の近親者の犯罪が明るみに出るなど……」

裁判長は偽証の罪、証言拒否権のあることを告げてから、証人に腰掛けるように言った。

いまの裁判長の言葉を、小山はどう聞いただろうか。小山は警察の上役からの圧力を撥ねつけてほんとうのことを言うか、それとも偽証罪のリスクを背負いながらも、嘘をつき通すか。

小山が正直に話してくれれば、誠の無罪は決まったようなものだ。尋問をする京介も緊張してきた。

「では、弁護人。証人尋問をはじめてください」

「はい」

京介は自分を叱咤するように、大きな声で返事をして立ち上がった。そのとき、傍聴席に誰かが入ってきたのが目の端に入った。サングラスをかけ、マスクをした男だ。

警察の人間かもしれないと思いながら、京介は小山巡査に問いかけた。

「四月九日から十日にかけて、深夜のあなたの行動についてお訊ねします。その日、あなたは交番勤務でしたか」

「そうです」

「野方七丁目交番に勤務していたのですね」

「はい」

「その日の夜、午前零時過ぎに、野方八丁目の居酒屋『田老』で客同士が喧嘩になり、店の者が交番に電話をしていました。あなたは、この電話を受けた覚えがありますか」

「受けました」

「あなたは、どうしましたか」

「自転車で『田老』に駆けつけました」

「『田老』に着いたのは何時ごろでしたか」

「零時半ごろだったと思います。自転車で十分くらいですから」

「『田老』で、あなたは何をしたのですか」

「喧嘩は治まっていましたが、またはじまるかもしれないので、しばらく様子を見て、それから『田老』を引き上げました」

「『田老』にはどのくらいいたのですか」

「『田老』にいたのは五分から十分ぐらいだと思いますが、外に出てから様子を見ていたので、それを含めたら三十分くらいいたかもしれません」

「すると。午前一時ごろということですね」

「そうです」

「『田老』から交番に帰る途中、児童公園の前を通りますか」

「通ります」

「その夜も通ったのですね」

「はい」

「児童公園に誰かいませんでしたか」

「気づきませんでした」

「そこに被告人がいたのですが、あなたは被告人に声をかけたのではありませんか」

「いいえ、そんなことはしていません」

やはり、小山は否定した。

「児童公園には公衆トイレがあることはご存じですね」

「はい」

「十日の夜、あなたは『田老』まで行き、また引き上げてきた。途中、トイレに行くつもりで児童公園の中に入ったのではありませんか」

「違います。トイレなら交番まで我慢します」

小山は怒ったように答えた。

「しかし、被告人はあなたに懐中電灯で顔を照らされて声をかけられたと言っているのですが?」

「それは私ではありません」

「あなた以外の巡査が、その時間に通ったということですか」

「それはないと思います」

「どうしてですか」

「あの時間、自転車で出かけたのは私だけでしたから」

「すると、どういうことになるのでしょうか」

「被告人が嘘をついているのかもしれません」

「どうして、嘘を?」

「わかりません」

「あなたは被告人のことをご存じでしたか」

「いえ、知りません」

「一度も会ったこともないのですか」

「向こうはこっちを見かけているかもしれませんが、私は知りません」

被告人席から、誠が小山巡査を睨み付けている。

「あなたは、野方中央署の小野寺昌人警部補をご存じですか」

京介は尋問の方向を変えた。

「名前だけは……」

微かに狼狽の色を見せた。

「会ったことはありますか」

「ありません」

「四月の二十七か八日の夕方、あなたは交番の脇で、小野寺警部補と会っているんじゃありませんか」

「いえ、会ってません」

小山巡査は落ち着きをなくした。

「小山さん。どうぞ、ほんとうのことを仰っていただけませんか」

「ほんとうのことを話しています」

小山は憤然として言う。

郷田検事の体が動いたのは、異議を申し立てようとしたのか。

小山はあくまでもしらを切り通すつもりのようだ。しかし、小山巡査が何度も見せた動揺を、裁判長や裁判員がどう判断してくれるか。

決め手を欠いたまま、京介は尋問を終えざるを得なかった。誠は落胆したように肩を落とした。

反対尋問で、郷田検事が立ち上がった。

「あなたが、事件の夜、野方八丁目の居酒屋『田老』に着いたのは午前零時半ごろだということですね」

「はい」

「『田老』から引き上げたのが午前一時ごろですね」

「そうです」

「すると、まっすぐそのまま交番に引き上げれば、二十分ごろには児童公園に差しかかりますね。でも、あなたはそこで被告人を見ていないのですね」

「はい。見ていません」

「被告人はなぜ、会ってもいないのに、あなたに会ったと言うのでしょうか」

「私にはわかりません」

自分が正しいと小山巡査が思っているなら、被告人が嘘をつく理由はアリバイを主張するためだとわかるはず。だが、小山は理由を問われても、そう答えない。事件に言及することにためらいがあるからに違いない。

「被告人は自分のアリバイを申し立てているのでしょうが、なぜ、あなたに会ったと言ったのでしょうか。何か、思い出しませんか」

「そういえば、その当時は被告人が住んでいるところだとは知らなかったのですが、三月のはじめ頃の午前一時前後、『宝マンション』付近に不審な男がうろついているという通報で、そのマンションに駆けつけたことがあります。そのとき、二階の部屋の前の廊下から誰かがこっちを見ていました。今から思えば、その男が被告人だったのかもしれません」

「なるほど。被告人はその時間にあなたを見かけた記憶があるので、とっさにあなたのことを利用したのですね。終わります」

郷田検事はいっきに言って尋問を終えた。

「裁判長。再尋問をお願いいたします。ただいまの証言ははじめて聞きましたので、もう少し、話を伺いたいと思います」

「わかりました。では、弁護人、どうぞ」

京介は立ち上がった。

「あなたは、被告人が住んでいた『宝マンション』に行ったことがあるんですね」

「ええ。でも、そのときは被告人が住んでいるとは知りませんでした」

「そのマンションに行った経緯をもう一度話してください」

小山巡査は少し表情を歪めて答えた。

「住人から交番に、不審な男がうろついているという通報があって、自転車で駆けつけたんです」

「不審な男はいたのですか」

「いました」

「男は何をしていたのですか」

「わかりません。声をかけたら、すぐに引き上げて行きましたから」

「何をしているのか、問いただささなかったのですか」

「それほど悪そうな男ではなかったので」

おそらく、その男は川瀬勝彦であろう。

「しかし、不審な男という通報があったのではないですか」

「そうですが、通報したひとも見つかりませんでしたので」

「通報者が誰か、わからないのですね」

「はい」

「そのとき、あなたはマンション二階の部屋の前から、被告人らしき男が見ていたのに気づいたというのですね」

「そうです」

「顔はわかりましたか」

「いえ」

「では、今回、事件が起きたのがその二階の部屋だとわかって、あなたはどう思いましたか」

「偶然に驚いただけです」

「事件とその不審な人物とを、結びつけて考えなかったのですか」

「事件の一カ月ぐらい前のことでしたし……」

「不審な人物がその後も、マンションの前に現れていたとは思いませんでしたか」

「思いませんでした」

「あなたは、被害者がストーカー被害に遭っていることを知らなかったのですか」

「知りません」

「被害者は生活安全課の小野寺警部補に被害の相談をしているのです。小野寺警部補から、被害者宅の周辺の警戒をするようにという指示などはなかったのですか」

「ありません」

小野寺が綾子から相談を受けたストーカーは川瀬勝彦だった。小野寺は、そのことを上司にも報告せず、したがって管轄の交番にも伝わっていなかったということか。

やはり、小野寺は自分だけで始末しようとしたのか。

「その後、不審な男に関する通報はなかったのですか」

「ありません」

「最後にもう一度ききます。あなたは、四月の二十七か八日の夕方、ほんとうに小野寺警部補と会っていませんか」

「会っていません」

「終わります」

京介は小山巡査を追及しきれなかったことに忸怩《じくじ》たるものがあった。

「検察側は再尋問は？」

「ありません」

郷田は余裕を持って答えた。

京介が傍聴席に目をやると、最前列にいた鬢に白髪が目立つ中年の男と頭髪の薄い四十絡みの男が席を立つところだった。サングラスにマスクの男の姿はすでになかった。

「午前中の審理はこれまでとし、昼の休憩をはさみ、午後一時十五分より引き続き、弁護側申請の証人尋問をはじめます」

裁判長の声で、傍聴人はいっせいに立ち上がった。

地下の接見室で、誠が溜め息まじりに言った。

「警察が寄ってたかって、私を犯人に仕立てようとしていることがよくわかりました。これではどうしようもありませんね」

「裁判員の方々は、きっとこの裁判はおかしいとわかってくれるはずです。それを信じましょう」

京介は励ましたが、誠は微かに頷いただけだった。

昼食をとってから、法廷に戻ると、廊下に洲本が立っていた。

「向こうに行きましょうか」

廊下の突き当たりの、ひとのいない場所に移動した。

「小野寺の別れた奥さんに会ってきました。離婚の原因は奥さんの弟が覚醒剤をやっているのがわかったからだそうです。暴力団とも関係していたと言います。このことで、小野寺に累《るい》が及ぶのを防ぐために離婚したそうです」

「奥さんには直接関係ないのにですか」

「ええ。離婚したあと、奥さんは弟を警察に訴えたそうです。薬から足を洗わせるには荒療治しかないと、心を鬼にしたと言ってました」

「離婚は、小野寺元警部補に問題があったわけではないんですね」

「そのようです。奥さんも、小野寺のことを悪くは言ってませんでした」

「そうですか。どうも、内での顔もいいみたいですね」

そういう人間でも、離婚して三年。寂しい思いをしているときに、綾子のような女が目の前に現れ、分別がなくなってしまったのだろうか。

「別れた奥さんは、小野寺が警察を辞めたことを知っていたのですか」

「ええ、知っていました。月に二回、子どもといっしょに会って食事をしていたそうです。ところが、四月に会ったとき、別人のように憔悴していたので心配していたのだと言ってました。それから、警察を辞めたのは、やはり、自分の弟のことが影響して、警察にいられなくなったのかもしれないと、気に病んでいました」

「奥さんは小野寺の異変を察しているのですね」

「ええ。警察を辞めた今、もう一度、いっしょに暮らしたいと告げたそうです。小野寺もその気はあるみたいですが、悩みがあるようで、もしかしたら病気かもしれないと心配していました」

「そうですか。ともかく、あとで、そのあたりのこともきいてみます」

ぞろぞろ傍聴人が法廷に入っていく。一時を過ぎた。

「じゃあ、私も傍聴席にいます」

ふたりで、法廷に向かった。

4

午後一時十五分になった。

川瀬勝彦が証言台に立った。ストーカーをしていたのに、よく証人として出廷してくれたものだと思う反面、妄想癖があるらしいことが心配だった。あらぬことを口走らないか、そのことでかえって迷惑を被るという不安もある。

それに、川瀬が犯人だという疑いが消えたわけではない。警察は身内の犯行を隠蔽するためではなく、誠を誤認逮捕した失態を隠そうとしているのかもしれない。

川瀬はまるで証人になったことを楽しんでいるように、弾んだ声で宣誓書を読み上げた。

「では、弁護人、尋問をはじめてください」

裁判長の声で、京介は立ち上がった。

「あなたは被害者をご存じでしたか」

「知っていました」

大きな声で答える。

「どういう関係でしたか」

「綾子さんは私が不動産会社に勤めているときに、よく接待で使っていた新宿のクラブで働いていました」

「あなたは去年の十月に不動産会社を辞めていますね」

「はい」

「その後は、クラブにも行かなくなったのですか」

「辞めたあと、二回ぐらい自分の金で行きましたが、その後は行っていません」

「では、被害者と会うことはなくなったのですね」

「いえ」

「会っていたのですか」

「はい」

「どこで？」

「最初は店の近くで。そのうち、被害者のマンションの近くで」

「約束をしてですか」

「いえ」

「あなたが勝手に、店の近くや被害者のマンションの近くで待ち伏せしていたということですか」

「まあ、そうです」

「つまり、あなたはストーカーだった?」

「違います」

川瀬が憤然とする。

「どこが違うのですか」

「私はただ、彼女の姿を遠くから眺めるだけで十分でした。それだけで仕合せな気分になれました」

「どうして、眺めるだけで満足出来たのですか」

「彼女には旦那さんがいるし、私が相手にされないことはわかっていましたから」

「あなたは、被害者の友人の水谷寿美江さんをご存じですか」

「知っています。同じ店で働いていましたから」

「水谷寿美江さんから何か言われたことはありますか」

「あります。いきなり、私の前に現れて、これ以上、綾子につきまとうと警察に訴える、と言ったんです」

「そのとき、あなたは何と答えたか覚えていますか」

「いえ」

「俺は彼女を助けたいだけだ。あんな亭主といっしょじゃ不幸だ。亭主さえいなくなれば、俺といっしょになれるんだ。あの男を始末しなきゃならない。そういうようなことを言いませんでしたか」

「ああ、言ったかもしれません」

「言ったのですね」

「でも、本心じゃありません」

「嘘だったというのですか」

「ええ、彼女がむきになって文句を言うので、こっちも腹が立って」

「しかし、被害者はその話を聞いて、警察に相談しに行ったんじゃないですか」

「違いますよ」

「何が違うのですか」

「被害者が警察に相談に行ったのは、私のことではありません」

「しかし、あなたは以前、私にこう言いました。被害者はほんとうは旦那と別れたがっていたと。それを被害者から聞いたと。そう言いました。覚えていますか」

「言ったかもしれません。でも、それは嘘です」

「被害者は言っていないのですね」

「ええ」

「では、なぜ、そんな嘘をついたのですか」

「責められると、そういう言い方をしたくなってしまうんです」

「いずれにしろ、あなたは、被害者にそれほどまでに執着していた。そのことで、被害者は怖くなって警察に相談しに行ったのです」

「ですから、違いますよ」

川瀬は落ち着いた口調で続けた。

「さっきも言いましたが、被害者が警察に相談に行ったのは私のことではありません。もうひとりのストーカーのことですよ」

「もうひとりのストーカー？」

もし小野寺がストーカーなら、綾子から相談を受けてからストーカーになったのであって、まだその時点では綾子と接点はないはずだ。

川瀬はのらりくらりと自分に都合のいい話ばかりをしている。やはり、川瀬を証人として呼んだのは失敗だったか。

「私が被害者のマンションの前で帰ってくるのを待っていると、ときどき、私を威《おど》して追い払うおまわりがいたんですよ」

午前中の再尋問での、小山巡査の話と妙に重なる。

「私が引き上げた振りをして様子を窺っていたら、そのおまわりが被害者が帰ってくるのを待って見届けていました。おまわりがストーカーですよ。だから、被害者は警察に行ったんですよ」

しかし、川瀬は以前、小野寺警部補に追い払われたとも言っていた。

「そのおまわりさんの特徴は？」

「俺より少し若い背の高い男だ。たいしたもんですよ、制服姿のままストーカーをするんだから」

「制服？」

「そう。制服姿で、白い自転車に乗って交番からストーカーしにやってくる。呆れたもんです。だから、被害者は警察署に相談しに行ったんですよ。相手が警察官じゃ、しょうがないでしょう。彼女は俺のことは容認していたんですから」

頭の中が混乱した。何か、とんでもない間違いをしていたかもしれない。だが、まだ整理がつかないまま、京介は尋問を終えた。

郷田検事の反対尋問は簡単に終わった。

十五分の休憩をはさみ、いよいよ小野寺昌人に対する証人尋問となる。京介は休憩の間、廊下の隅で、洲本と額を突き合わせた。

「川瀬の証言をどう思いましたか」

信憑性があるかどうか、京介は確かめた。

「自分勝手でいい加減なことばかり言っていましたが、最後の言葉は聞き捨てに出来ないと思いました。小山巡査に咎《とが》められたことを根に持ってあんなことを言いだしたのかもしれませんが、被害者が警察に相談しに行った理由に説得力があるように思います」

「ええ、私もそう思いました。川瀬はストーカーを働いていましたが、津村綾子を眺めていただけで、なんらの危害を加えてはいなかったのかもしれない。津村綾子からすれば、それほど切羽詰まった状況ではなかった。それなのに警察に行ったのは、川瀬のことではなく……」

だとしたら……。

廊下にたむろしていた傍聴人が入廷していくのを見て、京介は深呼吸をした。

審理が再開された。

「それでは証人は前に」

小野寺警部補が証言台に立った。髪はなでつけて整えているが、無精髭《ぶしょうひげ》が生え、血色が悪いのでやつれが目立つ。

小野寺は何かに怯えるような調子で宣誓書を読み上げた。

「尋問に先立って注意いたします。ただ今、朗読したのは嘘を言わないという誓いの書面です。証人が故意に嘘の証言をしますと……」

裁判長は偽証の罪、証言拒否権のあることを告げ、小野寺は厳しい表情で、頷きながら聞いていた。

傍聴席に鬢に白髪が目立つ中年の男と、頭髪の薄い四十絡みの男がまたいた。やはり、警察の人間に違いない。だが、サングラスにマスクの男はまだ入ってこない。

「それでは、弁護人。証人尋問をどうぞ」

裁判長に促されるまで、京介は何からはじめるべきか迷っていた。きのうの時点での尋問の手順はもう無意味だ。

頭の中をすべて切り換えて、小野寺に当たる必要があった。

「あなたは今年の五月まで、警視庁野方中央署に勤務されていましたね」

「はい」

「そのときの所属と階級を教えていただけますか」

「生活安全課で、警部補でした」

「生活安全課では、どのようなお仕事でしたか」

「ストーカー対策室にいました」

「ストーカー被害の相談を受けたりするのですね」

「はい」

「本事件の被害者津村綾子の相談を受けたことはありますか」

「はい」

一呼吸おいて、小野寺は答えた。

「相談の内容を教えていただけますか」

「ストーカーの相談です」

「ストーカーの相手は？」

「…………」

小野寺は黙った。

「どうしましたか。答えられない理由でもあるのですか。理由があれば、仰ってください」

京介は問いかけた。

被告人には証言拒否権がある。真実の証言をすることによって、証人自身や証人の近親者の犯罪が明るみに出て起訴されたり、処罰されたりする心配がある場合には、その理由を裁判長に告げて、証言を拒否することが出来る。

だが、小野寺が答えられない理由は、傍聴席に座っている警察の人間の存在であろう。だが、小野寺は警察を辞めた人間ではないか。

「わかりました。質問を変えます。あなたは、ストーカーの相談を受けて、何かしましたか。それとも聞き流しただけで放っておきましたか」

「いえ」

「何か行動を起こしたのですね」

「はい」

「具体的に何をしたのですか」

「ストーカー男に会い、忠告をしました」

「それで、ストーカーは治まったのでしょうか」

「いえ」

「あなたはどうしましたか」

「異議あり」

郷田検事が手を上げた。

「弁護人は本件と直接関係ないことを質問し、いたずらに時間を浪費しています」

「裁判長」

京介がすかさず応じた。

「弁護人は本件はストーカー殺人であると信じており、この証人こそ真犯人を知っているものと確信しております」

左右の陪席裁判官に確認をとってから、

「異議を却下します。弁護人は尋問を続けてください」

「ありがとうございます」

京介は礼を言い、質問を続けた。

「忠告しても、ストーカーはやまなかったそうですが、あなたはどうしてストーカーが続いていることを知ったのですか」
「被害者から電話で聞きました」
「それはいつごろのことですか」
「三月の半ばごろだったと思います」
「それで、あなたはどうしましたか」
「深夜、マンションの前で被害者を待ち伏せている男に会い、もう一度、忠告しました」
「で、男はどう答えたのですか」
「もう二度とやらないと答えました」
「あなたは、その言葉を信じたのですか」
「信じたいと思いました」
「では、その後も続いたのですね」
「そうだと思います」
「そうだと思うというのは、被害者から聞いたのではないということですか」
「はい」
「どうして、続いていたとわかったのですか」

「…………」

「これは大事なことです。どうぞ、仰ってください」

「それは……」

小野寺は言いよどんだ。

「小野寺さん。正義と真実のためにぜひ証言してください。一生の悔いを残さないためにも」

京介の言葉に、小野寺は肩を落とした。大きく息をすって、拳を握った。

その姿を裁判官も裁判員も固唾を呑んで見守っていた。小野寺は何か重大な決心をしようとしているのではないか。

京介は傍聴席を見た。鬢に白髪が目立つ中年の男と頭髪の薄い四十絡みの男の顔が強張っている。

事態が急転しそうであわてているのかもしれない。サングラスにマスクの男は、結局現れなかった。

傍聴席から証言台の小野寺に視線を戻したとき、京介ははっと気づいた。サングラスにマスクの男は小野寺だったのだ。こっそり小山巡査の証言を聞いていたのだろう。

その瞬間、小野寺は真実を語ってくれるはずだと確信した。

「では、改めておききします」

京介は沈黙を破った。

「被害者が相談に来たストーカーとは、誰のことでしたか」

やおら、小野寺は顔を上げた。

「野方七丁目交番に勤務している小山巡査です」

裁判長が目を見開いたのがわかった。裁判員も一様に困惑した顔をしている。

「被害者は小山巡査にストーカーされていると訴えたのですね」

「はい。そのとき、川瀬勝彦という男からもストーカーされているが、小山巡査は現役の警察官なのでよけいに無気味だから相談に来た、と言ってました。ただ、主人が知ると心配するので気づかれないようにして欲しいと」

「なるほど。被害者は警察官にストーカーされていることに恐怖感を持ったのですね」

「はい」

「それで、あなたは小山巡査に会って事実を確認し、やめるよう説得したのですね」

「そうです」

「しかし、説得の効き目はなかったのですね」

「はい」

「最初は被害者からまだ続いていると聞かされたということですが、再度の説得にも拘《かか》わらず、ストーカーが続いていたと気づいたのはいつですか」

「気づいたというより、疑いです。被害者が殺され、逮捕された被告人が犯行を否認し、児童公園のベンチで休んでいるときに若い巡査に声をかけられたと話していると知ったときです」

小山巡査が犯人であるかのような証言を、迂闊《うかつ》にさせるのはまずい。京介は質問を変えた。

「あなたは、被告人の主張のほうが正しいかもしれないと思ったのですか」

「はい」

「なぜ、そう思ったのですか」

「被告人が若い巡査のことを口にしたからです。嘘をつくのに、警察官に声をかけられたなんて言わないのではないかと思いました。ほんとうのことだと思いました。それなのに、なぜ彼がそのことを否定しているのか。そのとき、彼に疑いを向けたのです」

「疑いというのは？」

「津村綾子殺しのことです」

「つまり、あなたは被害者を殺したのは小山巡査ではないかと思ったのですね」

「そうです」

「その根拠はなんですか」

「被害者にストーカーを働いていたこと。事件当夜、喧嘩の通報で彼が野方七丁目交番を出て、現場に駆けつけたのが午前零時半ごろ。すでに喧嘩が終わっていて、彼はすぐそこから引き上げています。すると、被害者のマンション近くに午前一時ちょっと前に着きます。彼に犯行が可能だと思いました」

「でも、それだけでは可能性があるというだけで、実際にやったという証拠にはなりませんね」

「はい。それで、鑑識課の知り合いに現場での鑑定作業の結果を見せてもらいました。すると、凶器の包丁の柄に被告人の指紋しかなく、また電灯のスイッチやドアノブにも被告人の指紋だけ。ドアチャイムにいたっては指紋さえ採取されなかったことがわかりました。これが何を意味しているかは一目瞭然です。真犯人は自分が触れた場所を拭き取ったからです」

「しかし、それでもまだ不十分ではありませんか。被告人が偽装工作で、わざと指紋を拭き取ったという可能性もないではありません」

京介はあえて反論した。

「はい。それで、私は小山巡査に直《じか》に確かめました。彼は否認しましたが、明らかに狼狽していました。私は犯人だと確信しました。それで、自首するように勧めました。ですが、彼は拒絶したんです」

小野寺は堰《せき》を切ったように喋りだした。

「私はやむなく、課長に小山巡査のことを報告しました。これで、小山巡査の犯行だとはっきりすると思いました。というのも、現場からは犯人のものと思われる幾つかの遺留物が見つかっていたそうですから」

「遺留物？」

「ええ。テーブルから第三者の指紋が検出され、床から毛髪も採取されています。DNA鑑定を行なえばはっきりするはずです」

「鑑定書にはそのような記載はありませんでしたが」

「隠したのです。被告人が無実になる証拠はすべて」

裁判員からも傍聴席からも驚きと非難の声が上がった。

郷田検事は、異議を申し立て、小野寺の証言をやめさせようとするかと思ったが、黙っていた。ただ、口を真一文字に結び、証人を見つめていた。

「あなたが警察を辞めたのはそのことと関係があるのですか」

小野寺の勇気ある告発に感銘を受けながら、京介はきいた。

「はい。警察の対応が許せなかったのです。警察はストーカーに対して厳しい対応で臨むと決意を表明したばかりでした。その矢先の事件です。それなのに、小山巡査を庇ったのです」

「ひどい話ではありませんか」

京介は呆れ返って言う。

「私は小山巡査を捕まえないのなら、せめて被告人だけでも釈放してやって欲しいと頼みました。ですが、聞き入れられませんでした。被告人が自白したことをもっけの幸いに、そのまま突き進んでしまったのです」

無念そうに、小野寺は言った。

「今回、あなたが事実を証言しようと思ったのはなぜですか」

「私は自分が逃げたことで、ずっと苦しんできました。もし、このまま被告人が有罪になれば、私は一生悔いて暮らすことになる。自分の子どもにも顔向け出来ない。そう思ったからです。でも、ほんとうは」

小野寺は嗚咽をもらした。

「ほんとうは被害者を死なせてしまったのは私なのかもしれません。相談を受けたとき、もっと厳しく小山巡査に当たるべきでした。私の怠慢が被害者を死なせてしまったのです」

いきなり、小野寺は立ち上がり、被告人席に向いた。

「申し訳ありません。あなたの奥さんを助けられず、その上、あなたを過酷な状況に追いやってしまいました。私こそ、万死に値する責任があります」

小野寺の言葉に、誠は口許をわななかせた。そして、救いを求めるような目を京介に向けた。

小野寺はまだ頭を下げている。

「証人は着席してください」

裁判長が声をかけた。

ようやく小野寺は頭を上げ、裁判長に向かって一礼してから、椅子に腰を下ろした。

「弁護人。尋問を続けてください」

「わかりました」

京介は深呼吸をしてから、

「あなたは、小山巡査を犯人と名指ししました。場合によっては名誉棄損になるかもしれません。その覚悟が出来ているということですか」

「はい。私は午前中、傍聴席で小山巡査の証人尋問を聞きました。ひとを殺しておいて反省の色を見せない小山巡査に落胆しました。このまま、見逃してはならないと思ったのです。警察に対しても同じ気持ちです。体面を守るために無辜《むこ》の人間を罪に陥れようとするなど、断じて許すわけにはいきません。警察の信頼を回復するためにも事実に目を瞑《つむ》ってはならないのです。このままでは、真面目な多くの警察官まで不幸にします」

小野寺は声を震わせた。

「弁護人は証人の勇気に感謝をして尋問を終わります」

京介がそう言っている間に、例のふたりの男が傍聴席から出ていった。

「検察官、反対尋問をどうぞ」

裁判長に促され、郷田検事が立ち上がった。

「あなたは、警察が重大な証拠を隠したと言いましたが、警察がそんなことをするとは俄かには信じられません。ほんとうに、あなたが仰るような鑑定結果があるのですか」

「ありました。少なくとも初期の段階ではありました。その後、始末されたかもしれません。その点は不明です」

「それでは、あなたの言い分が正しいのか警察が正しいのか、わからないですね」

「真実は必ず白日の下に晒されます。今回の隠蔽に手を染めた警察官も悩み、苦しんでいるはずです。私が証言したことで、彼らもあとに続いてくれるに違いありません」

「裁判はそれまでは待てないかもしれませんが？」

「小山巡査は、『田老』に駆けつけたとき、喧嘩は治まっていたが、またはじまるかもしれないので、しばらく様子を見ていたと言い、『田老』を引き上げたのが午前一時ごろだと証言していました。事件当夜の小山巡査の行動を調べてください。小山巡査がすぐ引き上げたことを証明出来る目撃者がいるはずです。また、午前一時ごろ、被害者のマンション近くで小山巡査を見た者が必ずいるはずです。また、警察もこのことを調べています。小山巡査のことをきかれた住人はたくさんいます。私も何人かに話を聞きましたが、刑事が小山巡査の行動を調べていたと話していました」

「終わります」

郷田検事は尋問の終了を告げた。

裁判長が言った。

「それでは、裁判所からいくつかお尋ねします。あなたは極めて重大なことを証言しています。あなたの証言が真実であるか否か、本法廷では判断がつきません。また、本法廷は被告人が有罪であるか否かを争うものであり、小山巡査の件は別問題です。そこで、改めてお伺いいたします。被告人が犯人ではないと思う最大の根拠はなんですか」

「被告人が児童公園のベンチで休んでいたことが事実である可能性が非常に高いこと。つまり、犯行時にアリバイがあったこと。また、被害者がストーカー被害に遭っていた事実……」

その後、陪席裁判官や裁判員からも質問があった。それに対して、小野寺ははっきりと答えた。

女性の裁判員からの、警察を辞めて、今どうしているのかという問いかけに、現在は警備保障会社で働いているが、警察OBの紹介で入社したので、また辞めざるを得ないだろうと答えた。

被告人席で、誠が膝に置いた手を握りしめていた。

その日の審理が終わり、裁判所地下の接見室で、京介は誠に会った。

少し、虚ろな目をしている。京介はきいた。

「どうかしましたか」

「驚きました。小野寺さんが綾子の死の責任を感じていたなんて」

「それもかなり深刻に悩んでいるようでしたね」

「………」

それきり、誠は押し黙った。

「明日、あなたのお父さまが証言台に立たれます」

はっとしたように、誠は顔を上げた。


翌日の午前十時に審理がはじまった。

証言台に誠の父親亮吉が立ち、型通りの人定尋問を受け、宣誓後、証人席に着席した。

裁判長に促され、京介は質問をはじめた。裁判の行方はほぼ決した感があったが、京介は誠のために尋問を続けた。

「あなたがふたりの結婚に反対した理由はなんですか」

「綾子さんが五つも年上であり、離婚歴もある。誠は騙されていると思いました。会社を継ぐ者の嫁にふさわしくないと感じ、許せなかったのです」

「親の反対を押し切って、誠さんは綾子と結婚し、東京に出ていきました。それから五年間、あなたは誠さんの消息を知ろうとしましたか」

「いえ。どこに住んでいるかさえも知りませんでした」

「では、まったく動静はわからなかったのですね」

「はい。ただ……」

「ただ？」

「毎年の新人賞発表の雑誌を見ていたので……」

「新人賞を気にしていたのですか」

「私も若い頃は文章を書くことが好きでした。読書好きで文章のうまい誠に対して、心の隅で応援していました。だから、新人賞の結果が気になっていました」

誠がぴくっとしたように顔を上げた。

「東京に移って一年目は二次予選通過者に名前がありました。でも、二年目からは名前が載らなくて心配していました」

「心配というのは？」

「小説への志がなくなったのではないかと思ったのです」

「あなたは小説を書くことにも反対されていたのですよね。それでも、心配したのですか」

「すべてを捨てて挑戦するなら何とかなって欲しいと思いました」

　誠の肩先が震えた。

「雑誌の予選通過者に名前が載らなくなって、誠さんの消息はわからなくなったのですね」

「はい」

「で、今年の三月、思わぬ形で誠さんの消息が耳に入ったのですね。それはどういうことで？」

「綾子さんから突然、電話があったのです」

「被害者から電話が？」

「はい。いま、大阪に来ているのでぜひお会いしたいと」

「すぐに応じたのですか」

「きっと生活に困り、金を借りに来たのだと思いました。それだったらはっきり断ればいい、それより、誠の様子が気になったので、彼女が指定した御堂筋にある日航ホテルの喫茶室で会いました」

「で、彼女の話はなんだったのですか」

「誠は小説を書かなくなり、生きる目標を失っている。私といっしょにいたのでは誠さんのためにならない。別れるから、誠さんを迎えてやって欲しいということでした」

「あなたはどう返答されたのですか」

「私は確かめました。あんたが別れると言っても、誠が承知しまいと。すると、誠さんは小説家にはなれなかったけど、人生をあきらめてほしくない。今のまま私といっしょにいるとだめになっていく。私がわざと嫌われるように振る舞うと。ただし、誠が家に戻り、立派に家業を継いだときには、私のことを話して欲しい。嫌いになって別れたのではないことを、いつか伝えて欲しいと頼まれました」

誠の背中が微かに揺れた。嗚咽を堪えているのだとわかった。

「それであなたは承知したのですね」

「はい。ただ、今思うと後悔しています」

「後悔と言いますと」

「なぜ、綾子さんを迎えてやらなかったのだと。彼女から相談されたとき、私は彼女の誠を思う心根のやさしさに気づきました。そのとき、なぜふたりを許してやらなかったのか。そのことが悔やまれてなりません。私は最初から彼女に偏見を持っていました。彼女を死に追いやったのは私かもしれません」

亮吉は涙声になった。

父さん、と誠が呟いた。

「あなたは、いまはふたりの結婚を許すということですか」

「はい。綾子さんは倅《せがれ》誠の立派な嫁です。綾子さんの遺骨を引き取り、津村家の墓に入れてやりたいと思います」

誠は膝に顔を埋めて泣いている。

それから被告人に対する人定質問、検察側の論告求刑、最終弁論と続いた。

郷田検事の論告求刑はただ形式的になり、極めて迫力を欠くもので、逆に京介の最終弁論は淡々としながらも説得力は十分だった。

翌日の判決では、傍聴席から父親の亮吉、妹の真菜、そして元生活安全課の警部補小野寺昌人が見守る中で、無罪が言い渡された。

裁判が終わったあと、誠は京介に向かって深々と頭を下げた。

「津村さん。もうひとつの罪にも無罪判決を出しましょう」

京介が言うと、誠ははっとしたような顔をした。

5

二週間後、控訴期間が過ぎ、誠の無罪が確定した。

誠は大阪に帰った。そして、綾子の親戚の家に行き、分骨を頼んだ。その骨を誠は津村家の墓に納めた。

僧侶の読経が流れる中、誠は線香を上げた。

「綾子。今までありがとう」

誠は囁いた。

綾子を死に追いやったのは自分だ。だから、自分に対して有罪を宣告した。だが、小野寺元警部補や父までが自責の念にかられていることを知った。

綾子は誠のために別れようとした。そんなこととは知らず、彼女を恨んだ自分が恥ずかしかった。

東京での五年間、綾子は仕合せだったのだろうか。俺に尽くすばかりで、自分に楽しみはなかったのではないか。俺の成功が自分の夢と言ってくれた綾子の思いに応えてやれなかった。

(小説では出来なかったが、自分の物語のなかで主役になる。必ずやり直してみせる。家業を継いで、必ず綾子に誉められるような男になってみせる。見ててや)

誠は誓った。

数日後、東京の鶴見弁護士から電話があった。

「津村さん。小山巡査が自供したそうです」

「そうですか。自供しましたか」

「事件の夜、喧嘩があったという通報でかけつけた居酒屋を引き上げ、交番に戻る途中、『宝マンション』にまわったのです。で、津村さんの部屋を見たら真っ暗だったので留守かと思った。そこに、ちょうど綾子さんがタクシーで帰ってきた。綾子さんが部屋に入って明かりが点いたので、部屋の中は綾子さんひとりだと思い、ドアチャイムを鳴らした。綾子さんはあなたが帰ったものと思い、ドアを開けてしまったのでしょう。小山巡査に驚いて、綾子さんが咎め、大声を出すと言ったので、あわてて襲いかかり、口を手で塞ぎ、なおも暴れる綾子さんに流しの食器かごにあった包丁を摑んで……」

誠は耳を塞ぎたかった。包丁はその日の昼に出しっぱなしにしておいたものだ。もし、包丁を出していなかったら……。

「その時点で、小山巡査は綾子さんを殺すつもりだったようです。もし包丁を摑んでいなかったら、首を絞めていたと思います」

鶴見弁護士は、包丁をしまい忘れたという誠の自責の念を和らげようとしている。

「犯行後、小山巡査は台所の流しで血を洗い落として部屋から逃げた。ところが、まだ洗い落とされていない所があったので、児童公園のトイレに向かい、あなたを見かけ、驚いて声をかけたということです」

「そうでしたか」

「警察は裁判が終わり、ほとぼりが冷めたら退職させることになっていたそうです。もちろん、就職先を世話するという密約があったようです。路頭に迷った小山が何かしでかして警察沙汰になったら、よけいなことまで喋ってしまう危険がありますからね」

「警察は汚い」

誠は改めて怒りが込み上げてきた。

「津村さん。あなたを酷い目に遭わせた警察を訴えますか」

「小山巡査の犯行の隠蔽を指図した、お偉いさんはどうなったのですか」

「隠蔽を指導した所轄の副署長は退職、署長も責任をとって辞任。刑事課長は降格になって別の警察署に左遷され、関わった警察官もそれぞれ減給処分が下されたそうです」

「そうですか」

「世間の批判を浴びましたからね」

裁判が終わったあと、マスコミは卑劣な警察の隠蔽工作を徹底的に叩いた。

「鶴見先生。それで十分です。私は犯人にされたおかげで、綾子の愛情を知り、父や妹の優しさに触れることが出来たのです。それがなかったら、私は綾子を失った悲しみの中で自分を失い、脱け殻のような人生を送るようになっていたと思います」

「わかりました」

「小野寺さんはどうされましたか」

誠は気がついてきいた。

「警備会社は辞めずに済んだそうです。それどころか、勇気ある行動に、社内での評価が上がったと言ってました」

「そうですか。それはよかった」

「そうそう、別れた奥さんとも復縁が決まったそうです。やっと、新しい人生に出発出来ると言っていました」

誠はほっとした。小野寺も、綾子を見殺しにしたという自責の念に苦しんできたひとりだ。

「小野寺さんから、あなたも新しい人生を頑張ってくださいとの言伝てを預かってきました」

「はい。小野寺さんにも、あなたの勇気に感謝していますとお伝えください」

「わかりました。お伝えします」

誠は電話を切った。

事件の後始末はすべて終わった。自分も小野寺も、これから新たな人生がはじまる。自分は綾子のいない喪失感とも闘っていかねばならない。だが、綾子は俺の心の中で生き続けていく。

その夜、誠は法善寺横丁に足を向けた。

水掛不動に行くと、水をかけて手を合わせている綾子の美しい姿が浮かんだ。

誠は不動の前に立った。ふと、横に誰かいるような気配がした。綾子だ。綾子が寄り添っているのだと、誠は信じた。

# 解説

小梛治宣

小説を読む愉《たの》しみの一つは、描き出された世界がどんな色合いをもっているか、それを味わうことにある。もちろん、人物造形やストーリー展開、ミステリーの場合にはトリックや意外な結末も重要ではある。だが、いかに秀逸なトリックやストーリーを駆使していても、その世界が独自な色合いをもっていなければ「小説」としての醍醐味《だいごみ》や読み心地といったものは、おそらく得られないのではなかろうか。

作者によってその色合いは、様々ではあるが、読者はそれを感ずることで、あるいはそれに浸ることで、書き手の心に触れることにもなる。つまり、小説の色合いを味わいながら読む、そして読みながら書き手と読み手とは、自《おの》ずとコミュニケーションを図っていることになるのである。そこから両者の間に呼べば応える、目に見えない「呼応」関係が結ばれることになる。

だが、残念なことに、満足のゆく呼応関係を結べる作品に巡り合える機会はそう多くはない。色合いの定かでない、あるいは色のない作品が最近は増えてきたように感じられる。そうしたなか、小杉健治の小説を読むと、ほっと安心感に満たされるのである。作者にしか出せない独自の色合いで、読む者を包み込んでくれるからである。仮に「正義」に色があったとすれば、こんな色合いの世界になるのではないか——そう感じさせるのが、小杉健治の法廷ミステリーなのだ。

さて、そうした世界を支える、作者の生み出したキャラクターの中でも、代表的な存在が、水木邦夫弁護士である。『陰の判決』『弁護側の秘密』（いずれも一九八五）といった初期の長編から、第四十一回日本推理作家協会賞受賞作『絆』（一九八七）や『検察者』（一九九二）を経て、最新の『残り火』（二〇一二）に至るまで活躍を続け、作者の作家人生と歩みを一にしている観さえする。この『残り火』では、六十代半ばになって、突然愛妻を亡くし、失意のどん底にある水木弁護士が再起を賭けて戦う。廃業すら考えていた水木を再び法廷に呼び戻す原動力となったのは、無辜《むこ》の人たちを救いたいという一念だった。

この一念が、物語の色合いを決定づけているという点では、本書も同様である。ただし、本書の鶴見京介弁護士は、水木とは対照的に三十代前半の若手弁護士であり、正義を貫く熱い思いを内に秘めてはいるが、それを表に出すことがない。だから一見したところ、頼りなく見える。だが、その素朴で純粋なところが、逆に魅力にもなってくるのである。小杉健治作品の中でも、得難いキャラクターの一人だと私は思っている。

この鶴見弁護士が登場する作品も、『黙秘』、『疑惑』、『覚悟』、『冤罪《えんざい》』と続き、本書『贖罪』で五作目となる。最初の二冊は「裁判員裁判」に主眼が置かれており、鶴見弁護士はむしろ脇役あるいは黒子に徹していた。彼がその個性を生かして存分に活躍するのは『覚悟』以降である。本作に至って、鶴見京介が発する色合いも定着したと言えるのではなかろうか。

ところで、小杉健治が、松本清張の作品の愛読者であることはよく知られている。そもそもミステリーに関心を持ち始めたのが、松本清張の『眼の壁』を読んだことが切掛けらしい。その『眼の壁』の初刊本（昭和三三年）の「あとがき」で清張は、つぎのように述べている。

〈私は、推理小説は、たんに謎ときや意外性だけでなく、動機をもっと重要な要素にしなければいけないと思っている。そうでなければ、推理小説はいつまでも古い型のタンテイ小説から脱けきれず、遊戯物におわってしまう。推理小説という形からでも人生は描けるように考える。動機の主張が人間描写に通じるであろう〉

小杉健治の作品こそはまさに、この清張の言葉にある「推理小説という形」で人生を描く人間ドラマそのものと言っていい。作者の描きたいのは、犯罪そのものではなく、その根っこにある人間の業であり、犯罪にかかわることで変転する被疑者の人生そのものなのである。だから、いずれの作品も読後に余韻が深く残るのである。それがまた、作品の色合いになって表われてもいるのだ。

本作も、法廷という場へと至るまでの被疑者の、あるいは被害者の生きざまが物語の核に据えられている。それが法廷という「正義」を実証するはずの場の中で、いかに歪《ゆが》められていってしまうのか、そこが読み所の一つでもある。ちなみに、この「歪められる」という点では、無実を叫びながら自殺した兄の汚名を晴らすために、思い切った行動に走る妹の姿を描いた『二重裁判』（集英社文庫）は読み逃すことができない一冊である。

では、本書の中味にふれてみたい。繊維問屋の長男だった津村誠は、駆け落ち同然で、大阪から東京に出て五年、三十歳になる。五歳上の北新地のクラブで働いていた綾子との結婚を強く父親に反対されたためだ。誠はもともと繊維問屋を継ぐ気がなく、小説家になる夢をもっていた。文学新人賞に応募した当初は二次予選まで通過し、あと一歩と意気込んでいたが、三年目は予選すら通らず、自信を失いこの二年は応募すらしていない。書けなくなってしまったのだ。勤めてもすぐに辞めてしまい、今やヒモ同然の生活をしていた。

そんな誠を、見捨てることなく、けなげに面倒をみているのが、〈すらりとした色白の美人〉で、〈慎ましやかな雰囲気〉をもつ綾子だった。ところが、歌舞伎町のクラブで働く綾子の態度が、近ごろ変わったように、誠には感じられた。もしかすると、彼女に好きな男が出来たのではないかと疑い始めてもいた。

というのも、綾子にはストーカーらしき男の影が常にみられ、離婚した前の夫と会っている現場を目撃してもいたからだ。誠の疑念は次第に膨れあがり、綾子から別れ話をもち出されたことで、それは確信へと変わった。精神的に絶望の淵《ふち》に追いやられた誠は、発作的に無理心中を図ろうとしたが、近所の者が駆けつけてこと無きを得る。

こうした、芽が出ぬまま小説を書き続ける夫と、それを支える妻というシチュエーションから、松本清張の短編『証明』を想い起こす読者もいることと思うが、本作ではそれとは異なった小杉健治ならではのドラマが展開されていく。両作を読み比べてみるのも一興であろう。

さて、無理心中騒ぎが起こってから間もなくして、誠が夜遅く帰ってくると、そこには思いも寄らぬ出来事が彼を待ち受けていた。妻の綾子が殺害されていたのである。一日半後に殺人容疑で逮捕された誠が、いくら無実を主張しても、不利な条件が揃《そろ》いすぎていた。動機、状況、凶器、指紋、アリバイ等――すべてが、誠を「犯人」だと示していたのである。無理心中を図ったが、妻を殺したあと、自分は死に切れなかった――これが警察の揺るぎのない見解であった。

では、綾子に付きまとっていたはずのストーカーらしき男はどうだったのか。この男には確かなアリバイがあるというのだ。犯人と決めつけた連日の厳しい取調べがくり返される中、精神的に追い詰められた誠は、犯行を認める嘘《うそ》の自供をしてしまっていた。

「俺の小胆さが綾子を殺したのだ。自分には生きている資格はない」――と自らの手で自らに有罪の宣告を下してしまったのだ。

〈自業自得だ。いまの自分が置かれた状況はすべて自分に責任がある。綾子はその犠牲になったのだ〉

国選弁護人として鶴見京介が接見したときの被告は、こうした生きる気力を失い、自ら死を望んでいるような状態にあったのである。だが、鶴見弁護士は事件資料を精査しているうちに、いくつかの疑問点にぶつかった。津村誠本人にその点を確かめてもみたが、彼の回答は鶴見弁護士を納得させるものではなかった。

〈何か矛盾がある。その矛盾を解決するには、綾子を殺したのは津村誠ではないとして、それを立証することだ〉

自ら罪を認めている被告を、「無罪」と仮定して事件を調べ直す――この逆転の発想を可能ならしめているのは、鶴見弁護士の青臭い正義感でもある。だが、そこから独自の色合いが生まれ、そこに読者も共感するのである。

この「真実を明らかにする」ことへの熱意が、自殺未遂すら図った誠に真実を語らせることになる。しかし、誠の無実を明らかにするには、真犯人を鶴見京介自らの手で見つけ出さねばならない。鶴見弁護士は、まずストーカー男、次には綾子の前夫と、容疑線上の人物にあたっていくが、核心に迫るまでには至らない。

一方、鶴見弁護士は事件の夜、児童公園で誠に声を掛けたと思われる巡査に事実を確認したが、自分ではないと否定されてしまった。事実ならば、誠のアリバイを裏付ける重要な鍵となるのだが、巡査の態度にはどこか不自然なものが感じられた。また、綾子がストーカー被害のことで相談していた警察官が、一カ月前に依願退職していることも判明した。そこに事件との関連はあるのか。あるとすれば、誠を犯人に仕立て上げる巧妙な罠が張られていたと考えることもできるのだが……。

鶴見弁護士は、薄紙を一枚一枚剝《はが》すような、地道な努力を続けながら「真実」に迫っていく。その真実の背後からは許しがたい陰謀が顔を現わすことになる……。

そして、鶴見弁護士によってもう一つの「真実」が明らかになる。綾子には、誠以外に好きな男性が本当にいたのかどうかという点である。誠はいると確信していたが、もしそんな男などいなかったとしたら、誠の今後の生き方も大きく変わってくるはずである。果して、鶴見弁護士は、誠の妹の協力を得て、この「もう一つの冤罪」を晴らすことができるのか。

そう考えると、本書は二重の冤罪を扱った奥の深い人間ドラマともいえる。そこにこそ、小杉健治ミステリーの色合いを感じ取ることができるはずである。じっくりとその色合いを愉しんでいただきたい。

（おなぎ・はるのぶ　日本大学教授、文芸評論家）

集英社文庫

贖《しょく》　罪《ざい》

2014年４月25日　第１刷
2019年10月23日　第２刷

定価はカバーに表示してあります。

著　者　小杉健治《こすぎけんじ》

発行者　徳永　真

発行所　株式会社　集英社
東京都千代田区一ツ橋2-5-10　〒101-8050
電話　【編集部】03-3230-6095
【読者係】03-3230-6080
【販売部】03-3230-6393（書店専用）

印　刷　株式会社 廣済堂

製　本　株式会社 廣済堂

フォーマットデザイン　アリヤマデザインストア　　マークデザイン　居山浩二


ISBN978-4-08-745180-1 C0193